大概爱一个人，就是你做什么，
我都心甘情愿陪你做。

二

Like
You
A Little

爱得没有自我，爱得没有空间，爱得不够温柔，所以分开只能是最好的选择。

时间的魔力在于，你曾经以为会一直念念不忘的东西，其实转身就会被生活巨大的洪流冲散。

Like
You
A Little

爱你，就是我这辈子最想做的事。

Like
You
A Little

过往的一切，只能被丢失在记忆里，
无法回头，因为人生是一场漫长的告别。

刚好，你也喜欢我？

夏不绿〈著〉

時代文藝出版社

图书在版编目（CIP）数据

刚好，你也喜欢我？/ 夏不绿著．—长春：时代文艺出版社，2018.5

ISBN 978-7-5387-5547-3

Ⅰ．①刚… Ⅱ．①夏… Ⅲ．①故事－作品集－中国－当代 Ⅳ．①I247.81

中国版本图书馆CIP数据核字（2017）第228852号

出 品 人　陈　琛
产品总监　郭力家
出版监制　刘　峰
产品经理　杨志新
责任编辑　姜程程
装帧设计　沐希设计
排版制作　张　月

刚好，你也喜欢我？

夏不绿 著

出版发行 / 时代文艺出版社
地址 / 长春市泰来街1825号　时代文艺出版社　邮编 / 130011
总编办 / 0431-86012927　发行部 / 0431-86012957　北京开发部 / 010-63108163
官方微博 / weibo.com / tlapress　天猫旗舰店 / sdwycbsgf.tmall.com
印刷 / 三河市三佳印刷装订有限公司
开本 / 880mm × 1230mm　1 / 32　字数 / 158千字　印张 / 7.5
版次 / 2018年5月第1版　印次 / 2018年5月第1次印刷　定价 / 38.00元

图书如有印装错误　请寄回印厂调换

目　录

Contents

Chapter 1

那是夏天，

一切故事尚未发生

小酒馆 ／ *3*

大排档 ／ *14*

薄荷与柠檬 ／ *26*

冰激凌 ／ *33*

啤酒 ／ *45*

Chapter 2

灯火阑珊处，

我还在这里

灯火 ／ *59*

星空 ／ *70*

西瓜 ／ *81*

短发 ／ *91*

故事 ／ *101*

Like
You
A Little

Chapter 3

岁月有时尽，
愿我们不知老为何物

恋爱 / 115
毕业 / 124
少年 / 133
栀子花 / 150
花裙子 / 159

Chapter 4

人生是一场
漫长的告别

绿 / 173
黄连片 / 184
风扇 / 195
蚊香 / 203
煲剧 / 214

后记 永不逝去的夏天 / 226

那是夏天，一切故事尚未发生

Chapter 1

小酒馆
大排档
薄荷与柠檬
冰激凌
啤酒

小　酒　馆

那是夏天，一切故事尚未发生

~1~

胡梦最不喜欢夏天，过盛的汗水、陌生人的异味，还有把人分分钟晒黑的紫外线。当然，这些都不是最重要的，最重要的是她前男友冯子开了一家小酒馆，名字就叫“夏天”。

“因为太喜欢夏天，所以就取名叫夏天了。”

冯子一天到晚都是一副宿醉未醒的模样，以前他唱民谣、留长发，二十出头打扮得像个三四十岁的沧桑汉子，如今将近三十岁的他穿 T 恤、休闲裤，头发每两周一剪，装得像刚从校园毕业的纯良少年。

凡是冯子喜欢的，胡梦都要厌恶。

比如冯子喜欢喝啤酒，胡梦就一点儿不沾，大家聚会喝洋酒、白酒、果酒都行，就是不能喝啤酒。比如冯子喜欢听安静的歌，胡梦一到他店里就要放Bigbang的歌，要是对方不同意，她就双手叉腰大嚷："怎么做生意的啊！顾客是上帝的道理懂不懂！"

两人分手两年，彼此的新欢旧爱来回换了几轮，每次都要带到对方面前耀武扬威秀恩爱。

我们这些朋友看不懂他们究竟玩的是哪套，稍微调侃一句"要不你们两个复合吧，别祸害别人了"，就会立马被呛回来"跟他复合？猴年马月去吧"。

记得他俩刚分手那会儿，我用胡梦手机查东西，无意间看到她浏览器的记录，"如何处理前男友的骨灰""如何让前男友痛不欲生"……吓得我直犹豫要不要打110。

都说分手后还能继续做朋友的都是没有真正爱过的，相忘于江湖就此别过挺好，无奈胡梦和冯子在一起四年，彼此朋友都玩在一块，各自家走路也不过二十分钟，避开不了。两人又都是懒人，她会理直气壮地说："要避也是他避，那么渣还有脸继续出现，也是没见过脸皮这么厚的！"

"我渣？无理取闹的人还有脸指责别人，十八年来我也是头一次见到！"

众人无语道："你什么时候十八岁了……"

本以为时间长点儿两人也能心平气和地做朋友，但无论何时何地，只要有胡梦和冯子在的地方，就是硝烟战场。

~2~

胡梦很瘦，不看脸只看背影觉得像一根挺立的钢筋。她说当年高中的时候她在学校最差的一个班，所有人都没指望她能考上大学，但她最后偏偏出乎众人意料地上了一本。

“那时候我眼睛每天都是肿的，看书看的。”

大学里，胡梦每年都拿奖学金，是有名的美女学霸，毕业后拿到所有人都羡慕的 offer（录取通知）。我们所有人都觉得，胡梦能看上冯子一定是瞎了眼，而且一瞎好几年。

2012 年，两人最好的时候，我们所有人都见证过。

那年全世界吵嚷着世界末日，还玩民谣的冯子好像参透了人生般，对在外企上班的胡梦说：“不如我们去环游世界吧，反正都要死了，死之前想跟你看看这世界的美景。”

胡梦眼睛都没眨一下，说“好”，第二天就递交了辞呈。

说是看世界，其实就是瞎玩。胡梦月薪很高，会理财，存款不少。冯子除了会唱歌，一无所有。走走走，买买买，钱很快就用光了，世界末日没到，两人却快要露宿街头了。但胡梦一点儿怨言也没有，吃着用最后一百块钱买来的糖葫芦，笑嘻嘻地说：“没事，回头要是没世界末日，钱还能赚回来。”

一般人要是听了这句话，可能会当场下跪求婚吧，可是冯子没有，他有自己的过去，他只是转头看了看身边这个女孩儿，在阳光下眯缝起眼睛说：“我媳妇真是厉害。”

冯子是出了名不学无术混日子的浪子，刚认识他那阵，不知道他从哪儿搞来一大批鸡血藤手环在学校里摆摊。后来被人揭穿是假的，他立马改卖和田玉，拳头那么大一块的玉石他有上百个，呵呵，最后被学校保安全部没收了。

当时他们交往的时候，我们特不理解，猜测冯子是不是去搞了什么佛牌给别的姑娘下了降头。冯子不屑地说：“我需要吗我？！”

胡梦说：“校庆那天见冯子抱着一把破吉他上台唱歌，明明走了好几个音，但他唱得越来越自信，可能是被他那种迷之自信吸引了。”

女人爱上一个男人的时候，什么理由都可以当成理由。

~3~

冯子的酒馆开了两年，就是和胡梦分手后开的。每年夏天的时候酒馆就会有各种优惠活动，所以人特别多，店里坐不下就在外面搭建桌椅，浩浩荡荡看上去就是一条长龙。

浪子回头金不换，冯子做生意挺有头脑，每日账面上的流水都是十几万。

我们唆使他开家分店，他说不开，太多管不过来，他也不想那么忙，能赚点儿钱就行。一旁的胡梦“切”了一声说：“江山易改，本性难移。”

去年胡梦出来创业，经营不善亏了很多钱，脾气随着经济状况越变越糟，一言不合就骂死你。有段时间，胡梦天天一个人来酒馆，点两壶店里的招牌梅子酒，几份小菜，一个人可以坐一个晚上。

冯子也不招呼她，跟别的客人聊天说笑，服务员去厨房报菜的时候，他悄悄拉住对方，叮嘱让他叫厨师不要在菜里放太多辣椒。胡梦容易上火，一上火就会口腔溃疡，各种难受。

酒馆的梅子酒很入口，但后劲大，胡梦每次喝的时候不觉得，直到喝完后整个人晕乎乎的，好几次忘记付账就走了。冯子不计较，但两人吵嘴的时候他就拿出这事来说："你是不是每次故意装醉不付钱啊！"

"谁装醉了！我哪次没付账！你个黑店想讹诈吗！"

冯子吵不过胡梦，哼哼两声坐下，像只受气的小兽。

2014 年，当时冯子和胡梦的关系已经很不好了。冯子那颗浪子心从来没想过泊岸，胡梦像个圣母一样在他身边无条件付出了很多。她知道冯子喜欢唱歌，就把他写的歌整理好发给她一个做音乐制作人的朋友看。没想到冯子知道后大发雷霆，说她多管闲事。胡梦不明白，明明好心帮他，怎么结果变成这样。她不知道冯子到底在犟什么，在不快乐什么，她明明是他最亲近的人，为什么却什么都不告诉她。

有次大伙聚会，来了很多新朋友，冯子一直跟那几个年轻漂亮的女孩子待在一起，讲笑话逗得她们哈哈大笑。胡梦跟我们待在一起，但眼睛从没离开冯子半步。

"你觉得那些女孩儿长得好看吗？"胡梦问我，那时她还喝啤酒，一喝能喝很多。跟我说话的时候，嘴里都是啤酒味。

我摇头道："大眼睛尖下巴，烂大街的长相，差评。"

"那为什么冯子喜欢跟她们待在一起？"

"怎么可能，冯子就是健谈，别多想。"

胡梦低垂着眼，闷闷地喝了口酒，又瞬间想通了似的，高兴地站起身跟大家一一喝酒，霸占着麦唱了好几首歌，而冯子的视线从头到尾都没朝她看过一眼。

那天喝倒了好几个人，挤在卫生间里轮流吐，场面甚为壮观。胡梦喝得晕乎乎的，吐了一次就醒了，等她用冷水洗了把脸出来的时候，冯子已经不在了。

~4~

胡梦一直想在夏天的时候跟冯子去欧洲玩一趟，那段时间她很努力工作，就为了拿到一笔项目奖金。她把旅游攻略都做好了，但下班回家的路上却晕倒在街上。胡梦醒来时发现自己躺在病床上，手背上插着输液管，接着没多久医生进来告诉她怀孕的消息。

冯子听到胡梦怀孕的事时，我们大家都在场，他正玩着自己的破吉他，听胡梦这么一说，直接弹断了一根弦。冯子沉默了差不多半小时，那半小时里胡梦的脸色由刚开始的喜悦转为失落，接着愤恨，然后是煞白的一张脸。

“我想把他生下来。”胡梦又加了一句。

冯子走过去，拉住胡梦的手说：“可现在我还没做好当一个父亲的准备，以后我们还可以再生的，生多少都随你。”

“我就想要这一个。”胡梦不改口。

“你工作这么忙，我又没正式的工作，拿什么养他？”

“我会努力赚钱的，你要是不喜欢带孩子我就请月嫂。”

“小梦……”

胡梦轻轻抽回被冯子握着的手，拿起包起身缓慢地朝外面走去。我永远记得她当时的背影，实在太瘦了，感觉随时都会倒下一样，但胡梦从没倒下，只要还有一口气她就能够重新站起来，再次来过。

那个孩子最终还是没能来到这个世上。胡梦因为加班太累加之身体状况太差，孩子自己流产了。冯子提着熬好的鸡汤去医院看她，胡梦瘦得只剩下一把骨头。

“这汤是我照着菜谱熬的，从没熬过这玩意儿，不过我尝了尝，味道还不错。”

冯子把盛好的鸡汤喂到胡梦嘴边，胡梦却没张嘴，眼睛红红的，过了会儿，她艰难地从喉咙里发出声音，说道：“冯子，我们分手吧。”

燥热的夏天，病房里的温度却让人冷得发抖。窗外的蝉鸣像永远不会停歇的喇叭，咿咿呀呀叫到黄昏。等过了朝阳，等过了夕落，等过了四季，可是还没有等到你愿意真心来到我身边。胡梦又重复了句：“我们分手吧。”

~5~

最近，“夏天”酒馆常常出现一个陌生女孩儿的身影，帮着忙不过来的服务员端菜，有时扮演老板的身份跟客人们聊天打趣，有时候又是个客人，一个人坐在角落里，面前一盘花生米，手边一杯梅子酒。

冯子得到空闲，把她拉过来，跟我们大大方方地介绍说：“我未婚妻。”

我们惊得下巴都要掉下来，怎么突然就多了个“未婚妻”！他俩什么时候谈的恋爱，我们怎么不知道！

“家里介绍的，中学我们还是一个学校呢，不过她比我低好几级。”冯子嘻嘻笑着，拉着她挨个给我们敬酒。

当时胡梦不在，但事情还是辗转到她耳里。

她就说了两个字：渣男。

冯子这次是认真的了，为了给他的小未婚妻庆祝生日，酒馆暂停营业一天，把场地拿来给他的未婚妻办酒席，还邀请了酒馆的熟客，要把这个未来老板娘名正言顺地介绍给大家认识。

胡梦也去了。大伙拉都拉不住，那天她踩着七厘米的高跟鞋“吭吭吭”走到酒馆，穿过敬酒的人群走到冯子跟他未婚妻面前，从包里拿出一个很厚的红包递给那个女生。

冯子拦住道：“这红包太大了，你还是留着自己用吧。”胡梦现在的经济状况，他心知肚明。

可胡梦只差一巴掌甩过去了，她瞪了冯子一眼说：“又不是给你的你瞎嚷嚷什么！”说完，几乎是用蛮力强塞给了那女孩儿。

胡梦跟我坐一桌，她不停地喝酒，也不说话，样子怪吓人的。远处是冯子和他未婚妻热闹幸福的一景，这里却是“只闻新人笑，不见旧人哭”的惆怅。

酒至酣畅，胡梦开始轻轻抽噎道：“我不甘心，凭什么我就成了炮灰，老娘这么爱他，为他付出了那么多，凭什么我们一分手他就幡然醒悟改邪归正浪子回头了？”

“你们遇到的时机不对。”我也想不出别的安慰话。

“屁，什么狗屁时机！我才不信这个！他就是个渣男！”

“对对对，他是渣男，让他祸害别人去吧。”

“可是我舍不得……”

夜色沉醉，所有人都醉倒在这夏日炎热的柔情里，举起酒杯庆祝那对即将走入婚姻的情侣“百年好合，早生贵子”。可是在这未来里，没有胡梦。

胡梦说她舍不得。

~6~

2016年6月10日，没想到真碰上了传说中的“猴年马月”，但冯子跟胡梦的故事却要到此为止了。

最后，冯子并没有结婚。酒店订好了，礼服做好了，可是没有结婚。

猴年马月那天，胡梦被检查出白细胞增多，接着住进医院，被确诊为白血病。冯子知道后，整个人疯了似的，跑到医院来看她。

可是胡梦不愿意见他。

冯子就站在病房外面，离胡梦不到三米的距离，胡梦闭着眼睛，充耳不闻。心死了，就什么也没了。冯子便静坐在病房外，从护士医生那里打听胡梦的最新情况。医生说，只要好好化疗还是有救的。冯子不住地点头，那一刻他像是为女儿焦心的父亲，让人第一次觉得原来二十九岁的冯子也不年轻了，微微驼着背，眼神迷茫，医生说一句，他点一下头。

冯子的未婚妻见到此情此景，很冷静地取下手上的订婚戒指，还给冯子说：“去娶你真正爱的人吧。”

胡梦开始化疗后，头发便大把大把地掉，她戴着一顶帽子，无聊的时候就织围巾，看样子应该是给一个大脖子织的，因为围巾足足织了两米也没见她停下。

冯子知道胡梦因为创业损失了很多钱，现在穷得连出门都要坐地铁，他把自己的存折都拿出来，偷偷帮胡梦垫付了医药费。

“这是我欠她的。”

胡梦病情渐渐好转，之后一次见到冯子，我问他到底还喜不喜欢胡梦，为了她搞丢了自己的婚礼，成了身无分文的穷光蛋。

冯子坐在酒馆靠江边的位置，垂着头说：“我记得世界末日那年，我们去了很多地方，我身上一点儿钱也没有。我问小梦为什么还愿意跟着我，她当时还是个很温柔的姑娘，总是笑盈盈的，她笑着对我说，钱没了她能够再赚，我只要给她爱情就好。”

“等她病好了就跟她重新在一起吧，她还爱着你。”

冯子没说话，喝干杯里的酒，还是用过去那把破吉他唱了一首歌。歌唱到一半，江边突然放起烟花，声音震耳欲聋，所有人都呼啦啦围到栏杆旁想要握住那几秒的绚丽。

烟火结束，冯子的位置已经空了。

冯子把“夏天”酒馆留给了胡梦，没人知道他去了哪里。

胡梦病好后，依旧织着那条不知道什么时候才结束的围巾，她说几年前她答应要给冯子织条围巾，但一直没时间。胡梦守着“夏天”酒馆，没说要等冯子回来。

冯子在酒馆最后待的那晚，突然想起第一次见到胡梦时的情景。利落的短发柔顺地垂在耳边，那时她很瘦很瘦，被傍晚黄昏的夕阳拉出长长的影子。她每往冯子的方向走一步，冯子的心就跳一下，他第一次遇到走路节奏跟自己心脏频率一样的女生。

那是夏天，一切故事尚未发生。

大 排 档

愿我们死之前，不知老为何物

~1~

夏天的大排档永远不缺衣着热辣的美女和喝得满脸通红吹牛皮的男人。

赵喜儿把断掉的橡皮筋打了个结，重新扎起头发。长发太碍事了，吃烤串都不够自由。热闹的大排档，每桌都是三人以上的架势，喝酒吃饭，各种声音混在一起，像一锅正在翻炒的豆子。赵喜儿一人一张桌子，半箱啤酒，吃得额头一层细汗。已经吃光一大盘小龙虾，若干烧烤，打了个爽利的嗝后，手机才慢悠悠地响起来。

“刚加完班，你现在在哪儿？”林淮山的声音永远是慵懒没睡醒的感觉。

赵喜儿抽出手边的纸巾，擦了擦嘴说：“我已经吃完了。”

“那我过来接你回家吧。”

“我在楼下吃的。”赵喜儿忍不住翻了个白眼，“你回家睡觉吧，我也回家休息了。”

赵喜儿已经记不清这是林淮山第几次爽约了，一开始还会生气吵架，时间久了心也渐渐麻木，对他是否会来或者在干什么都不太有感觉了。她现在也能够自己爽快地下楼点一桌吃的，吃饱回家睡觉，还不是就这么过了。

十年，赵喜儿想着这个数字，不禁打了个寒战。周围的朋友眼看着都开始步入婚姻的“坟墓”，离婚的都在准备二婚了，只有赵喜儿和林淮山这对迟迟没有动静。他们是朋友中谈恋爱谈得最久的一对，但那群损友从来没有什么好话，总是耸人听闻地劝他们：“快结婚吧你们俩，都这么多年了，激情什么的都没了，再不结婚估计就要吹了。”

这都是些什么朋友？

但赵喜儿并不是没有担心。

从最初那几年的浓情蜜意，到现在俨然一对老夫老妻的感觉。电话短信越来越少，只要是和工作有冲突的约会，林淮山都会选择工作。事后再买束玫瑰和小礼物上门道歉说：“原谅我吧老婆，我这不是为了以后咱们能有大房子住，能过更好的生活嘛。”

早先赵喜儿还会闹脾气，不给林淮山台阶下，但事后发现除了伤感情也没其他用处。久了，赵喜儿终于学会体谅和懂事，收下玫瑰和礼物，做个善解人意的女友了。

林淮山一口一个“老婆”地喊她，赵喜儿眼睛一斜说：“什么时候让我做你合法老婆啊？”

林淮山却不说话了。

~2~

林淮山对婚姻有着深深的恐惧感。

八岁的时候，他父母离婚，两个大人都很忙，于是商量后把林淮山送到了爷爷奶奶家。出于愧疚，父母从小就给他很多零花钱。林淮山小时候胆子很小，敏感腼腆，是被班上其他男生欺负的对象，直到上初中后，林淮山渐渐意识到根本不需要害怕那些男生，他父母给学校捐了一个实验室，他完全可以仗着自己的家庭背景跟那些人拼个你死我活。

就算青春期再意气风发与得志，林淮山也依然摆脱不了一个少年的孤独。初中后他就开始住在学校，每个月花钱无度，反正没钱了就跟父母说声，立马就能拿到比同龄人多几倍的生活费。太多钱对于一个十四五岁的少年来说，并没有多大好处。打牌赌钱、上网、玩游戏，甚至偷偷去酒吧一掷千金，林淮山把所有的空虚都用挥霍金钱来填补了。

一年到头，林淮山最喜欢的日子就是自己的生日。因为那一天父母都会出现，一家三口找个餐厅，至少表面上看起来其乐融融地聚在一起，给林淮山唱生日歌点蜡烛，问他有没有什么生日愿望。

“我希望你们能够重新在一起。”十二岁的林淮山说出这句话后，父母两人面面相觑，揣度着该用怎样的言语回答才能不伤害林淮山的感情。然而在那样的犹豫中，林淮山已然明了一切。

婚姻到底是什么？年少的林淮山不懂，成人后依然没有明白太多。一张花费九块九买来的证书，不是忠诚不贰的保证，也不是一生一世的承诺，因为你随时都有反悔的机会。所以，为什么要结婚呢？林淮山对成人这种没有信用的契约关系感到惶惑。他甚至一度以为自己也不会爱上任何人，爱情关系里的一切都会随着时间慢慢消逝，哪怕结婚生子，又能怎样。

直到遇到赵喜儿。十九岁的赵喜儿真是个不按常理出牌的人，想到什么就做什么，说话爽利，但按照世俗的评判标准来看，赵喜儿的情商着实不太高。

林淮山还记得第一次见到赵喜儿时的情景。大学社团聚会，一行十多个人，林淮山和赵喜儿都是里面的新人。负责订餐厅的人因为搞错时间，等他们十几个人浩浩荡荡抵达餐厅时才得知没有位置了。没办法，只能就近原则选择一个环境和菜品都不太好的地方。大家也不好说什么，只有赵喜儿天不怕地不怕地发出抗议：“我不要在这里吃饭。”

林淮山就是那时注意到赵喜儿的。赵喜儿长得不算出众，很瘦很白，站在人群中有种孤独感，林淮山看着这个女孩儿义正词严地拒绝和大伙儿一起吃饭后，转身昂首阔步地离开了。

他以为发生这种事，赵喜儿肯定不会再待在社团里，没想到到了开会的时间，赵喜儿又出现了，而且仿佛什么事都没发生过，自然大方地和社长嘻嘻哈哈，心还真是够大的。

和赵喜儿在学校的那几年恋爱时光，她一直都维持着这种风格。一伙人出去旅行，赵喜儿完全没有团队精神，只要是她不喜欢的和看不惯的都要通通说出口并要求去改变，但大家又不觉得她无理取闹，因为她的锱铢必较说到底都是合理的。林淮山有时觉得她有点儿强迫症，但他就是喜欢赵喜儿这股子认真的劲头。

“以后我们要是结婚了，家里事情无论大小都要由我管。”在星空漫天的夜晚下，赵喜儿把头靠在林淮山的肩上。那时他们都只有二十岁，以为未来是一场宏大的战役，但随之而来的平凡琐碎，很快将他们年轻的自以为是和盛大的梦想扑灭了。

~3~

林淮山大四还没毕业那年，生活里发生巨大的变故。母亲因为重新嫁人有了小孩儿，开始对林淮山甚少关心，连给他的生活费也越来越少。而父亲那边，因为公司经营不善倒闭，连自己家都周转不过来，哪里还顾得了林淮山。出于自尊，林淮山不再接受母亲每月可怜的生活费，开始出去赚钱自力更生。

林淮山很聪明，无论做什么事都得心应手，当同龄人还在辛辛苦苦拿着几千块的工资时，他已经能够带着赵喜儿自由出入各种高档餐厅，但是他还是没有钱，因为早年养成的消费习惯，林淮山总是花钱无度。

“啊，这样下去我们会穷死的。”赵喜儿把自己的工资拿来给林淮山还信用卡，“下次我们不要去吃那个法国菜了，太贵了，累积下来我们都可以付房子首付了。”

所以那几年，赵喜儿和林淮山过得也是捉襟见肘，没有一个理财计划，两人又都互相纵容。最穷的那段时间，家里的空调坏了都没钱买新的，两个人干脆去麦当劳蹭冷气。那时正好赶上甜筒买第二支半价，赵喜儿和林淮山买完甜筒，面对面坐着，小心翼翼地舔着。

“我们不会要在这里坐个通宵吧？”赵喜儿想着迈出店门就要迎接滚热的空气，就瘫软在椅子上，“以后我们真的不能再大手大脚地花钱了。”然后哭丧着脸看向林淮山。

林淮山伸手捏了捏赵喜儿的脸说：“你少买一两件衣服也有这个钱了。”

赵喜儿甩了个白眼给他。

穷归穷，却也是真真实实的平凡生活，第二天醒来依然要金刚铁骨地去奋战。赵喜儿甚至亲自下厨学习做饭，从一开始的黑暗料理到能入口的家常小菜，慢慢总结出自己的心得体会。比如番茄汤先用油在锅里炒一炒加水会更美味，做鱼的时候在里面加一点儿白酒肉质会更鲜嫩。住在一起的那一年多时间，赵喜儿和林淮山像两个正值青春期发育的少男少女，每次都能把锅吃得见底。

夏天最难熬，但是又最美丽。因为有很多成熟的水果被色相俱佳地摆在小摊上售卖，下过雨的傍晚，赵喜儿穿着吊带裙，披着刚洗过的湿漉漉的长发，牵着林淮山的手去买西瓜、葡萄、李子，然后像抱着宝贝似的抱回家。用水洗干净，放进冰箱里冰一会儿，拿出来边吃边看剧。西瓜一定要对半切开，用勺子挖着吃。葡萄要一口一个喂进嘴里，李子要慢慢吃，感受皮上那点儿涩味。

那是最快乐的几年，在学校里不用考虑太多未来，混啊、玩啊、享乐啊。刚毕业工作，对一切都充满新鲜感，刚刚同居的生活让两人都充满期待，用工资添置一张在宜家看中的桌子，看到喜欢的餐具再贵也能不心疼地买下。

但爱情啊，难免会让人感到疲惫。即使再相爱，两个人也会为谁洗碗谁去倒垃圾这样的琐事而争吵生气。

“你爱我你就去倒垃圾。”

“这跟爱不爱有什么关系！”

赵喜儿翻个白眼说：“你这样太大男子主义了，凭什么认为家务事都是女生来做？”

“我已经倒了一周垃圾了！”

林淮山工作越来越忙，家里的事几乎都落在赵喜儿身上。家里的灯泡坏了，都是赵喜儿亲自换的。赵喜儿的梦想并不是成为家庭主妇，但她发现自己离这个词越来越近，林淮山每天加班到很晚才回家，赵喜儿开始把时间用在考证书上，半年后她通过了司法考试，去律师事务所上班，跟林淮山的公司相隔甚远，离现在住的地方也很远。为了节省时间，赵喜儿只好搬出去一个人住。

从此，两个人见面的次数从每天拉锯成一周两次，然后是一个月两三次。

~4~

赵喜儿中学时的好友结婚，她和林淮山一起去参加。穿着洁白婚纱的好友拉着赵喜儿的手，问他们什么时候结婚。赵喜儿歪头看向林淮山，以为他哪怕为了应付这种场合也会说“快了”，但是他没有任何反应。

赵喜儿很不爽，直接劈头盖脸地把林淮山骂了一通。林淮山不解地说：“结婚就能代表爱情吗，为什么一定要那一张纸？”

他说完这句话，赵喜儿好友的表情瞬间变得很难看，用去招呼别人的托词走开了。

这次，他们差一点儿就分手了。婚礼结束后，赵喜儿直接甩出“我们分手”这句话。

“结婚是不能代表什么，但至少婚姻能给爱情一个善终。”

“你从前不是这样的。”林淮山叹气，向赵喜儿伸出手。

赵喜儿漠视道：“从前我也不会卑微到给一个男生洗袜子，更不会半夜三更醒来担心他加完班要不要吃夜宵，那一点儿都不赵喜儿。这全是因为我喜欢你，为了你我变了很多，可是你跟几年前那个幼稚的男生并无两样。”

赵喜儿当然还记得他们最初在一起时说过的那些话。她也年轻过，玩世不恭过，但是人都是会变的，赵喜儿也以为林淮山会成熟会改变。本来还情绪激动的她，突然一下就冷静了下来。“我觉得你想错了，我们在一起是因为爱，结婚也是因为爱，到了人生的某个阶段，我们会去接受曾经不在意、看不起的很多世俗规定，因为我们终于承认，原来每个人都逃不开人生的仪式感。”

之后两人有一个多月没有联系。赵喜儿每天晚上失眠到很晚，一遍遍地翻看手机，看林淮山有没有发信息给自己。没有，没有，赵喜儿几乎恼怒地把手机扔到地毯上。

就这样分开了？再也不联系？

朋友们想帮助两人复合，可赵喜儿和林淮山似乎都犟着谁也不肯去参加聚会。直到有次赵喜儿从一个朋友那里听到，“前几天见了林淮山，瘦得不成样子了，我还以为他得了绝症”。

赵喜儿心里“哐当”一下绷着的那根弦还是断了。

她在家做了番茄炖牛肉和鲫鱼汤，提着保温盒去他家楼下坐着等他。

赵喜儿问自己，为什么会喜欢林淮山，在那么多的追求者当中偏偏死心塌地爱上这个人呢？赵喜儿对他的第一印象是冷，待在一群人里面话很少，直到有次去唱歌，他唱了一首很小众的民谣。他声线很低沉，赵喜儿没听懂那首歌，却觉得林淮山很特别。

那是夏天，学校因为绿植多，所以蚊子也特别多。两个人在街上瞎逛了一圈后也不知道去哪里，于是回学校找了个长椅坐，两人漫天胡侃，身上被蚊子叮咬了好多包，可谁都忍着没说，因为都不想回去，都想在对方身边多待一会儿。

林淮山送赵喜儿回寝室的时候，自然而然地牵起了她的手。从那时起，赵喜儿就爱上了夏天，因为她觉得夏天总会有美好的事情发生。

林淮山吃着保温盒里的番茄牛肉，喝一口温热的鲫鱼汤，脸上一直笑着。赵喜儿没好气地问："为什么不主动跟我联系？"

林淮山咽下最后一口汤，放下碗，神情中带着少见的认真说："因为对于现在的我来说，还不想结婚。可是如果你想结婚，而我给不了你，或许放手是对你最好的爱。"

"这话，你在哪部言情小说上看到的？"

"……"林淮山撒开手，靠在椅子上，"我小时候的梦想就是成为小说家来着。"

两人三言两语，打打闹闹地就这么和好了。

爱情这东西就是这么不按常理出牌，明知道对方给不了自己想要的，但还是愿意去靠近去将就。

赵喜儿现在想，如果那时候真的分手现在的一切就柳暗花明了？当然无解，人生可没有彩排这件事。

~5~

参加了那么多次婚礼，赵喜儿当了两次伴娘，据说当过三次伴娘的人将会嫁不出去，所以之后赵喜儿再也不当伴娘了。

一个月难得见到林淮山一次，有时候一天也没有一条信息和一个电话。赵喜儿觉得现在的自己跟单身也没什么区别，平日里上班，下班要么和同事吃饭，要么回家，大多时间里都是一个人。她报了瑜伽班，每周定时去上课，周末如果不和林淮山见面她就自己想办法打发时间。

"你不怕他出轨吗？"朋友不无担心地问。

"不会的。"赵喜儿说，"如果他真的要和别的女孩子在一起，一定会先跟我分手，这一点我很相信他。"

“不觉得这样的恋爱谈着没意思吗？”

“是挺没意思的。”赵喜儿搅拌着杯里的咖啡，“但是如果失去他，我也不是我自己了。”

有天晚上赵喜儿半夜三更发高烧，被烧得迷迷糊糊，仅存一点儿意识的她伸手四处摸手机，也不知道拨通了谁的电话，然后就彻底失去了意识。醒来的时候在医院里，身边坐着公司的同事，赵喜儿跟他不熟，也就是工作上有些往来。赵喜儿道谢，对方却伸手去试探她的额头。“嗯，已经不烫了。”

赵喜儿微微吓了一跳，却迎上对方温和的笑。

赵喜儿这个同事不仅把她送到医院，还帮她缴费拿药买饭，每个细节处都透着温柔和深情。赵喜儿坐在床上喝着粥，不知怎么觉得心里一酸，眼泪直往下掉。不是感动，是这种被照顾的感觉似乎已经很长时间没有过了。

林淮山的手机一直没人接，赵喜儿已经放弃让他来医院接自己了。同事开车把她送回了家，又去附近超市买了许多吃的给她送去。同事喜欢赵喜儿，虽然赵喜儿都不知道是从什么时候开始的。

九月份的中秋节，林淮山本来说好要陪赵喜儿回家一起过的，结果临时接到工作。说好一起回家见她父母的，结果只能她一个人回去了，索性赵喜儿也不回去了，准备待在家里看几天剧。结果同事发信息问她回老家没，赵喜儿如实回答，对方很高兴，邀她一起去爬山逛古镇。赵喜儿说自己有男友，对方坦然地笑着说没关系，可以慢慢等。

赵喜儿没说话，低头一口一口地咬着手里的冰糖葫芦。

赵喜儿的同事条件很好，家境优渥，人也优秀，人品也挑不出任何毛病，确实没有让人不喜欢的理由，最重要的是他可以给赵喜儿想要的婚姻。

呀，恨嫁已经恨到这种地步了吗？赵喜儿被自己心里两个摇摆不定的小人弄怕了，可是不得不承认的是，她心里的天平在一点点地倾斜。

后来赵喜儿跟同事又吃过几次饭，出去玩过几次，没发生任何关系，但赵喜儿知道自己已经在精神上“出轨”了。她不是那种有偏执道德感的人，她没杀人犯法也没碍着谁，只是把自己的心弄乱了。

有天在山顶，同事问赵喜儿愿不愿意跟他结婚。

“我不想你有任何顾虑，只要你想结婚，我随时都可以。”

赵喜儿望着山下城市绚丽的灯火，原本只是一盏盏普通的灯光，可聚集在一起却美得不可方物。真美啊，赵喜儿心里感叹着。好像回到了年少时光，回到许多年前漫天繁星的夜晚。

有的东西关乎人心，有的东西关乎人性。到底哪个战胜哪个，还是要看人心的砝码有多少，爱得多一点儿，便没法舍弃去理性选择一个看上去对自己更好的处境。赵喜儿最终还是留在林淮山的身边了，她想起他们在一起的第一个夏天，合欢花开得最盛的时候，一坐一个晚上，不知天高地厚、老为何物。

人毕竟是更优秀的物种，有些东西或许会随着时间褪色丢失，但刻入灵魂深处的东西，永远都不会遗忘。

我爱你，让我继续陪你走下去吧。

薄荷与柠檬

一往直前，不要回头

~1~

筠子站在天台上，风吹乱了他刚剪没多久的刘海儿。他瞭望楼下城市的灯火，眼眶湿润地说：“我想做个好人。”

这时一只拖鞋飞过来，伴随着怒吼道：“滚蛋吧，好人跟你有仇啊！”

筠子在我们朋友圈里就是个扶不起的阿斗。挺聪明一男孩儿，传说中的学霸，也没有沿袭天才的生活不能自理。完人啊，当我们大声称叹时，他却害羞地低头说：“就是感情上拎不清。”

自古多情空余恨，原来学霸也是感情笨蛋。拎不清，能够那么轻易拎清，想必也没真的爱过。

筠子有一个青梅竹马的女孩儿叫小林，她长得白白净净的，一看就是天生配学霸的料。两个人从小同桌，筠子给她抄作业，她给筠子带好吃的。最后学霸考上了清华。小林也跟着他一路风尘仆仆到了北京，读了一个三流大学。

云卷云舒，风来雨去，四季轮回，少年长大了，少女也长大了。他们经历了恋人之间的一切故事和事故。

大四一起在外面租房住，两人都没什么钱，筠子一个人打两份工，马桶坏了没钱修，筠子就动手自己弄。小林从不买超过一百块的衣服，一支眉笔可以用一年。但挺开心啊，年轻的时候就算一无所有，只要身边有爱人相伴，就算喝粥吃饼也快乐。

小林喜欢摄影，用工作赚来的钱买了一个单反，两个人一到周末就去公园，去郊外，去山上，可以在路边吃一份很便宜的小食，然后拍许多漂亮的照片。筠子那时的镜头里只有小林，穿裙子的小林，戴帽子的小林，长发披肩的小林，扎马尾的小林，微笑的、沉默的、咧嘴大笑的……

在最好的青春年华里，他们见过爱情最好的模样。

筠子没想太多，一路朝着既定的轨道一路狂奔。北漂两年后，决定带着小林回家乡发展。两家人立即聚集在一起，吃饭商量着要不让两个人结个婚吧。

筠子和小林都没意见，在一起这么久，除了彼此他们也很难想象还会跟谁共度余生。眼看着他们青梅竹马的故事，就要成为一段佳话。没想到，君子却变心了。

~2~

女孩儿名叫倩倩，名字很小三。可我们这些朋友见了她，大家都正襟危坐，呵呵傻笑。

来者都是客嘛，别伤了和气。况且倩倩一来，就多加了两份小龙虾和五十串烤肉，我们也不好说什么。

“筠子可是有女朋友的。”

“我知道。”倩倩吞下一个小龙虾，“可是他不爱她了，在一起时间久了是亲情，不是爱情。”

我天，傻姑娘可真多，傻姑娘真好骗。只要人人都献出一点儿爱，世界将会变成美好的明天。

筠子呢，傻乎乎的，谁能看得出来他还是个深藏不露的哄妹子高手。他傻呵呵地笑着说：“我也不知道，就是挺喜欢这姑娘的。”

“喜欢你个大头鬼！你可是要结婚的人！”

算了，陷在爱情里的人都是二百五，旁人劝不了。我们一边跟倩倩嘻嘻哈哈，一边还要瞒着小林那边。做朋友真累，于是只好再吃他一顿人闸蟹。

我们都以为筠子只是一时头脑发热，毕竟跟小林在一起这么多年，不可能真分。于是无比同情起倩倩，觉得她就是筠子和小林婚前恐惧症的炮灰。

倩倩性情豪爽，喝酒论瓶，喝高兴了直接搂住身旁的筠子就“啵”

一口，两人好得像穿连体裤的婴儿。

有次筠子跟我们喝多了，脸色通红，抱着啤酒瓶子说："你们知道我有多喜欢倩倩吗，要是能早点儿遇到她该多好……"

相见恨晚，爱到一定程度就要做选择。是相信天时地利人和的迷信，还是相信人定胜天的定数。筠子选不出，也不敢选，无论选择哪一边，对另一边都是伤害。

而小林一心忙着准备婚礼，完全没想到筠子这边已经花开两朵。但花期不会长久，女人一旦敏锐起来，比柯南还厉害。从一点儿蛛丝马迹，抽丝剥茧，就抓住了筠子的小辫子。

小林眼里哪容得了沙子，直接找到筠子当面就是两巴掌，然后扬长而去。但还没过一晚，她又马上找到筠子，让他马上跟倩倩断绝关系，好好和她结婚。

女人啊，平时买个东西货比三家精明得要死，一面对感情问题却都大脑短路，完全没有理智可言。只要你愿意留在我身边，什么都可以原谅。小林和筠子在一起这么多年，哪里舍得，况且和筠子感情一直很好，她相信他只是一时糊涂，只要愿意改过来，她都可以原谅。

但筠子却沉默了，沉默了很久，才说出一句："我真的很喜欢倩倩，但我也舍不得你。"

~3~

筠子选择躲起来，谁也不见。每天跟朋友混在一起，晚上唱歌消夜，完了再去压马路，就是不让自己脑子里想这事。他不知道该怎么办，无论选择哪一个跟另一个都是不再见。

"这么多年了啊，小林陪我吃了那么多苦，双方家长又都见过面了，婚礼酒席都准备好了，我得负起这个责任啊。"说着筠子吃下一串烤肉，眉头紧锁，"毕竟一个姑娘跟了我那么多年，说抛弃就抛弃太不人道了。"

"谈恋爱又不是养狗，还人道，你怎么不说你怕被两家人打死啊！"小林父亲是跆拳道教练，真要是教训起筠子来跟踩蚂蚁没什么两样。

筠子沉默，继续吃烤串，化悲愤为食欲说："我想静静，船到桥头自然直，到时就知道该选择倩倩还是小林了。"

然而小林找到了筠子。在这场本就摇摆不定的爱情竞争中，只要其中一个人稍微主动一点儿，基本就已成定局。

小林瘦了许多，她心平气和地拿出正室范儿，对筠子说："跟我回家吧，婚礼还需要一个新郎呢。"

一个女人最厉害的地方就是温柔和善解人意，筠子见小林非但没责怪自己，还苦口婆心地劝他回家，当即感动大哭。筠子抱住小林说"对不起"，小林摸摸他的头发说"我等你"。

读书的时候要选择文理，大学的时候要选择城市，今天要选择吃羊肉粉还是吃重庆小面，人们每天都在选择。然而你必须选择，因为你没法同时拥有两种人生。

筠子夏天最喜欢喝的饮料是柠乐，就是可乐里面加两片柠檬和一点儿薄荷，再兑上大块大块的冰块，喝一大口别提有多带劲。筠子可以每天喝两杯，以前大学期间小林每次去找他都会给他带一杯等在楼下。这么多年过去，筠子的口味依旧没变，他站在我对面，吸了一大口杯里的饮料，若有所思道："这饮料啊，要是只有柠檬没有薄荷总觉得少了点儿味，要是只有薄荷没有柠檬又会不好喝。小林和倩倩就像薄荷和柠檬，实在太难选了。"

筠子说他爱倩倩，但是舍不得小林。

"穿越吧兄弟，穿越到清朝做个太监，就什么也不用选了。"

筠子没理我，爬上了天台，开始发问："我也不知道到底该遵从内心，还是做个好人。"

倩倩就是这时，拿着一只拖鞋跑上来的。

有情感纠葛的地方，就有饭吃。我吃着蒜蓉粉丝扇贝，看他们要怎么办。

"她找过我了。"倩倩很平静，喝了杯酒，咂咂嘴，"既然你做出了选择，就不要再用什么责任良知来为自己开脱。感情的问题请不要擅自上升高度，从你变心那一天起你就丧失了做好人的资格，你凭什么说你要做个好人？这样只会让我恶心。愉快分手挺好，但犹犹豫豫只会让更多人受伤。你选择谁是你的事，只希望你能够诚实面对一切。你可以说是不够爱，或者根本不爱，不要说舍不得。"

"倩姐你又不是不了解筠子这人的性格……"我想帮筠子说几句，但连我都觉得筠子做得太过分。

"一个连实话都不敢说的人，我还能对他抱什么希望？"倩倩喝完最后一杯酒，取下筠子送给她的戒指，离开了。

筠子坐在位置上，泪眼模糊。

为什么要等过了夏天，才决定要吃掉一百支冰激凌。为什么要等到积雪融化，才决定去登山滑雪。为什么要等到饭菜凉透，才开始狼吞虎咽。难道一定要等到世界末日，才能觉得生活可爱吗？

为什么一定要到不可挽回的地步，才能做决定。

生活没有教会我们任何道理，道理都是瞎编的。

但有一点除外，那就是不要回头，一往直前。

冰 激 凌

前方路远，带我走吧

~1~

江琪最后一次见程清让，瘦小的个子站在路灯下，灯光打在脸上看不清她的表情。等了又等，手里的两支冰激凌热得开始瘦身，她才悻悻然赶紧吃掉。

程清让说："彻底忘了我吧。"

江琪伸出手想再抱抱他，却只剩下远去的背影。她伸手擦了擦眼泪，手里还残留着巧克力冰激凌的味道。

和程清让在一起的夏天，都是这样的味道。

~2~

江琪喜欢程清让这事，大家从一开始就知道的。

一群人出去玩，江琪总是走在他的身旁，吃饭坐位置也总是抢先占据他一侧的位置。江琪点菜每次都要点很多有辣椒的食物，因为程清让喜欢。这些点点滴滴的细节大家都看在眼里，只是不点破。程清让那时到底知不知道，他没跟任何人说过，毕竟他有女朋友，异地的，交往两年多，感情挺好，程清让对江琪呢，跟对其他异性一样，不多一分也不少一分。

江琪没谈过恋爱，从小规规矩矩地长大，大学时候也努力学习拿奖学金，人生走得太规整了，结果一毕业就遇到了程清让这种极具杀伤力的类型，别说防线了，江琪压根儿什么也没想就彻底被击溃了。

程清让是我们这些朋友中学历最高、阅历最丰富的，从高中时候起就自己背包全国各地跑。他属于外冷内热的性格，看上去总是冷冷的不爱说话，但只要跟他稍微熟一点儿，就能被他暖到。程清让身上有种中国男人很少有的绅士风度，所以许多女生要是稍微自作多情一点儿，就会以为程清让喜欢上她了。

出于人道主义关怀，我适当地提醒过江琪。

“程清让这人对谁都一个样，你可别多想了啊姑娘。”

江琪正坐在板凳上剥橘子，剥给程请让吃的。她看向我，眨巴眨巴眼睛，似懂非懂的样子说：“我没多想啊，我能想什么。”

“……”

我想了想，又憋出一句，“程清让他女友据说以前是他们学校的校花，现在虽然在外地工作，但听说等今年过完年后就要回来了。”我想我暗示得已经很清楚了，校花，在美貌上对方已经高出普通人水平了，所以江琪就不要妄想太多了。今年过完年回来，回来还能干吗，当然是跟程清让见父母结婚啊！

但结果江琪还是跟个木头人一样没感觉，她剥好橘子问我要不要吃，我摇摇头说：“你还是都拿给程清让吃吧。”

我还记得第一次见到江琪时的情景。她穿白色薄毛衣配咖啡色的灯芯绒背带裤，扎一个马尾，一脸稚气地往我们这边探头，像个高中生，然后问我们谁是程清让。

程清让当时坐在角落翻看一本漫画书，耳朵里塞着耳机听歌。我们指了指程清让的方向，江琪寻过去的眼睛突然一下就亮了起来。年少时不能遇见太过惊鸿的人，否则一生都难以安宁。江琪便是这样。

她在公交车站捡到程清让的证件，上面写了联系地址、电话和姓名。江琪打电话没打通，便带着证件找过来。后来，江琪就成了我们朋友中的一个，但她的视线只停留在程清让身上，那种专注的、深情的模样，即使之后我见过那么多痴男怨女，也没再见过相同的目光。

~3~

那一年，程清让的女友没有如约回来，满心欢喜为女友准备了一大堆礼物的程清让只收到一条“对不起”的短信。

江琪当时刚下班，想找人吃饭，于是就给程清让打电话。

程清让在电话那头静默良久，细心的江琪一下察觉到了他的不对劲，但她没多问，还是继续语气轻快地说：“你知道我们常去的那个地方新开了一家酒馆吗，你快过来，我请你喝酒吃肉。”

喝了三壶酒后，程清让的情绪才慢慢平复下来。他从包里掏出一个盒子，江琪打开，是一条漂亮的钻石手链。

“本来准备送给她的，现在送给你吧。”

“这手链这么贵，拿去退了啊。”江琪不要。

“太麻烦了，又不是在这里买的。”程清让又给自己倒了一杯酒，喝完端起手中的酒杯，好像那酒杯是个新奇玩意儿，值得端详似的。“你说，一个人要是想不开该怎么办。”

想不开？江琪一听这话吓了一跳，下意识地伸手一下握住程清让拿酒的手腕。

“失个恋有什么想不开的，你有去北极看过北极光吗，有去南极喂过企鹅吗，有去非洲的草原拍过日落吗，这么多事都没做，轻易想不开实在太可惜了。”

程清让听完，“扑哧”一声笑了，说：“你想多了，我只是随口一问。我一个大男人，会因为这事想不开吗，只是觉得很遗憾，在一起这么久好像都没跟她一起喝过酒。我们真正在一起的时间太少了，是我对不起她。”

江琪慢慢松开他的手腕，重新坐回位置，不再说话。

当时她想的是，能被程清让这样温柔的男生爱着真是幸福。如果此生能够有一段日子成为那个幸运儿，不求同行，不求结果，江琪愿意拿自己最宝贵的东西去换。但江琪最宝贵的东西是什么呢，那时她没想到，觉得自己就是个彻头彻尾的普通女孩儿，一无是处。

走出酒馆，外面的热气扑面而来。江琪咕哝了一句，程清让便跑去旁边的便利店，买了一袋子的冰激凌。

那天，两个人像小孩子一样分抢着冰激凌，左手拿一个，右手拿一个，比赛谁先吃完。江琪的腮帮子被冻得不行，但脸上却一直笑着。她喜欢巧克力味的冰激凌，一共吃掉了四个，最后胃被腻得难受了一个晚上。

程清让把江琪送到小区外面，准备离开。江琪在背后叫住了他，也不知道哪里来的勇气，只是她知道只要错过那一刻那一秒，她就不会再做出相同的决定。

“程清让，让我做你的女朋友吧，哪怕就一个月也好。”

夜风如丝，拂过江琪额前的碎发，空气里是冰激凌散场后的余味。程清让没有惊讶，也没有逃避，而是看着江琪的眼睛，说了句“好”。

~4~

这段女追男的故事看似得到了一个美好的结局，可是人性这种东西，总是左右着我们的感情和选择，江琪和程清让三天两头便闹分手，一样东西没得到的时候此生的梦想是能够拥有，但一旦拥有我们想要的便更多了。江琪的严重不自信需要通过不断分手来填补内心的自卑感，程清让理解她包容她，何况两个人好起来是真的好。玩游戏他们总是能默契地打败我们所有人，中元节相约去玩鬼屋，所有人连三分之一都没走到就全都吓得跑出来了，只有江琪跟程清让这对从头玩到了尾，还拍了照片出来向我们展示胜利的果实。

“哈哈哈，你们不知道后面那个护士有多吓人，程清让直接叫了……”江琪毫不留情地揭露程清让的糗事。

程清让也不甘示弱地说：“你还说我，你看看你把我胳膊给抓成什么样了。不行，你得赔我。”

“赔你五花肉啊。”

“那就请我吃五花肉呗。”

“……”

两人你一言我一语的，完全无视我们这些观众，最后小手拉着大手去吃饭了，把我们扔在原地，尴尬地石化……

既然感情这么好了，为什么还要去闹矛盾去猜忌？

我问过江琪这个问题，当时她正在跟程清让冷战，原因是他不让她看他的手机。

“大概在很多人眼里我都配不上程清让吧，只是我运气好，一直陪在他身边，又刚好运气好的遇到他失恋，就连我也没有自信觉得程清让会有多爱我，可是他对我真的好好，好到我越来越贪心，一点儿也不想离开他。但是我心里的这种落差感，会逼迫我去试探去怀疑，我知道程清让并没有完全放下前女友。”

“你想多了，过去的人和事只是经历，或许某一天想起仍会有惆怅，但它是不会影响我们现在的生活的。”

江琪似懂非懂，就像我第一次委婉地提醒她程清让有女友时一样的反应，然后我就知道一切都白说了。

圣诞节的时候我们一群朋友约好去滑雪，程清让开车，江琪坐副驾驶位置，不知怎么的，江琪突然让程清让停车，她要下车。大冬天的，外面零下几度的天气，闹矛盾也要分个场合吧，我们劝江琪说有什么等到了酒店后再说，那里暖和，就算要打程清让都没人拦着。江琪同意了，但不要坐副驾驶座，于是跟我换了位置。

我坐上车后转头看程清让，他面无表情，我想从他脸上搜索出点儿什么，结果他转过脸冲我笑了笑说："大作家，别猜了，刚才是她给我发了条短信，正好被江琪看到。"

那条短信很普通，就问程清让在做什么，但江琪却坚定地认为他还跟前女友保持着联系。

到了酒店后，江琪就开始跟程清让算账，他不说清楚就不让睡觉。程清让大概也是被这样三番五次的猜忌和质疑弄烦了，那是我第一次看到他发火。他拿出手机直接拨通前女友的电话，开了免提，电话接通，他当着所有人的面问："我女朋友在我旁边，你告诉她我们现在是什么关系，到底有没有保持联系。"

那通电话后，程清让就上楼去一个男生的房间里睡了，留下江琪一个人在原地发呆落泪。

"作也要有个底线啊。"同行的一个女生看不过去了，替程清让说了几句，拉着身边的伙伴也走了。

江琪此时像极了小时候班上被孤立的同学，一个人待在角落里不说话垂着头。我走过去，她抬起头，泪眼蒙眬，又委屈又难过地说："我只是想要被珍惜而已。"

过了上学的年龄后，就会发现生活里再也没有所谓的标准答案。同样一个问题从不同的立场角度去看，会完全不一样。我们生来不过是为了爱和被爱，可是无论哪一种，生活都不会轻易让我们得偿所愿。我们说“不”的时候其实是渴望拥有，我们说“滚”的时候其实是希望被紧紧拥抱，我们说“好”的时候其实是已经放下。

江琪流着眼泪说，“我只是想要被珍惜而已”。像极了想要糖却被大人臭骂一顿的小女生。

~5~

感情出现裂痕的时候，我们都以为只要再等一等就会好的，时间是最好的良药，可以修复一切问题。但其实错了，时间也可能是催化剂，让伤口溃烂生疮。

圣诞节过后，江琪有意讨好程清让，做了很多事，但似乎都回不到过去的那种感觉了。她能感觉出程清让想要努力装出没事的反应，但还爱不爱一个人，不止我们自己心里清楚，对方也是清楚的。像一个垂死的病人，即使再高明的医生也无力回天，只能摆摆手说，剩下的日子想吃什么就吃什么，想做什么就去做吧。

然后两个人跟疯了似的，开始四处旅行，而且属于那种背包客，能徒步绝不坐车，能折腾绝不要舒服的类型。看着江琪晒出的朋友圈，倒真有回光返照之势。

两个人计划走去尼泊尔的那条徒步路线，江琪被晒黑了两个度，更瘦了，发出来的自拍照只有她一个人，程清让要么坐在远处的地上当背景，要么就是全然不在画面里。

一个月的徒步之旅，我们谁也不知道他们在路上具体发生了什么，但是回来后两个人确实都变了。

程清让突然变得话多起来，约我们出来总是说个没完，但从不提跟江琪有关的半点儿事情。而过去活泼开朗的江琪反倒是变得沉静起来，很少再看到她，以前每天一更的朋友圈更是半个月也不见一个消息。

再后来，程清让带着新女朋友来见我们。

之前那个替程清让说江琪的女生一下坐不住了，脸色一变起身说自己还有事就走了。有的人继续保持着镇定和笑容，对这个新面孔表示欢迎，但我们都觉得她不会在我们面前出现超过一个月的。

那天程清让喝了很多酒，他的女朋友不喝酒，一杯橙汁也迟迟没有喝完，跟我们没什么话说，只低头玩手机，见程清让醉成这样，脸上闪过一丝不耐烦的神色。后来来了一个电话，就出去接了。

我实在忍不住了，问程清让怎么找了一个这样的女朋友。

程清让脸色通红，笑了笑说："大概是因为她没那么爱我吧。"

"你怎么找女朋友要找这种不够爱你的呢？"

"我累了。"

"怎么就累了，你跟江琪什么时候分手的啊？我们这些朋友怎么什么都不知道。"

"从尼泊尔回来的机场分的。"

程清让说他当时和江琪感情已经出现了裂痕，江琪想要挽救，便提出一起去旅行，结果没想到在路上一言不合就争吵了起来，最后赌气地决定在路上谁都不准再取钱，就用身上仅有的钱完成这次旅行。两个人在一起都是小孩子脾气，谁都不知道这么做的意义是什么，但就是谁也不肯让步。然后两个人就开始了徒步，晚上住最便宜的旅馆，洗澡水不热就用冷水洗澡。有天晚上程清让实在受不了了，觉得自己有病，江琪也有病，背上背包离开了旅馆，江琪从后面追上来，问他怎么了。

“我累了，不玩了，我要回家。”

“不是答应陪我的吗，至少陪我走完吧。”

“这么折腾你得出什么结论了吗？”程清让看向江琪，“你到底想证明什么，我陪了，也听了你的建议和要求，但现在我不想了。”

江琪顿了顿，最后露出一丝苦笑，说：“陪我去走一次尼泊尔的徒步线路吧，然后就真的真的再也不折腾了。”

程清让本想拒绝的，他开始觉得江琪不可理喻，但最后还是心软答应了她，何况他不可能真的一个人回来把江琪扔在大街上。

从尼泊尔回来后，飞机还在一万米的高空上行驶。江琪望着窗外的白云和蓝天，突然就哭了。

她想用一件又一件苛刻至及的事来证明他爱她。一开始在感情里占据的劣势位置，江琪想要一步步爬上来，和程清让并肩而行。可是程清让呢，他早已习惯江琪对他的顺从和卑微的爱意，可为什么后来又变得想要得更多了呢？

人到底是自私的动物，但也是更优秀的生物。在这场爱情博弈里，最后两人都累了。如果一开始爱得不那么多，是不是就会好很多，两个人也都能以舒服的方式相处过完这一生。

在机场是江琪提出的分手，程清让什么都没说，帮她叫了车，目送她上去后就离开了。

有时候两个人不能在一起，可能不是因为不爱，而是因为太爱。爱得没有自我，爱得没有空间，爱得不够温柔，所以分开只能是最好的选择。

接完电话的程清让女友走进来，看见程清让已经瘫在座位上，用手机叫了快车，要把他送回去。

看她扶着程清让摇摇晃晃往前走的背影，我好像突然明白了程清让之前那句话的含义。不够爱不是不爱，只是在好感上多一点儿，在爱里又少几分，却又能刚刚好做到成为那个在你醉酒后送你回家的人。而深爱你的那个人，则选择陪你一醉方休，一起沉沦。

~6~

江琪最终还是没忍住去找了程清让，可是他怎么也不愿意见她了。

江琪哭着问我们，程清让究竟有没有喜欢过她呢，还是之前跟她在一起根本只是因为同情，或者为了尽快走出失恋的阴影。

明明一开始就明白的，说出哪怕只做一个月女友也好的江琪是勇敢的，后来斤斤计较的江琪是真心的。如同我相信一开始答应江琪的程清让也是真心的，后来相爱的时候也是真的，但突然明白过来转身就走的程清让也是真的。

人是会变的，所以握着承诺毫无意义，只要那一刻是真的就足够了。

江琪不听劝地还是去找了程清让，买了两支冰激凌想和他一起吃，但是等了好久，冰激凌都快全化掉了他也没有下楼，她只好一个人狼狈地迅速吃完两支冰激凌。

那一刻，江琪好怀念跟程清让吃冰激凌的夜晚，后来他们也在一起吃了很多很多，但都没有那一天晚上来得开心。如果他们就走到那里，江琪选择什么也不说，后来的故事又会怎样呢？

谁也不知道，因为人生没有假如。

啤　　酒

你是我日复一日的梦想

~1~

除了啤酒，没什么能够配得上夏天。

过去顾欣所知道的啤酒不外乎青岛、雪花、山城，长到二十岁的时候，才开始了解到世界上啤酒的种类比化妆品类目还多。她喜欢喝比利时的一款樱桃啤酒，非常入口，但度数不小，所以不小心喝过头就容易醉。但那种醉，是清冽而清醒的，顾欣喜欢处于醉意里的自己，多了些浪漫和平日里不敢有的勇气，可以说些想说的话。

但那个可以听的人，却已经离开了很久。

顾欣和任竭认识于2013年的夏天。那时公司楼下开了一家啤酒吧，里面有各式各样新奇独特的啤酒，最贵的一瓶高达六百多。顾欣和同事下班去那里喝酒，开心聊着天的时候，旁边的空桌上突然坐下一个男人，看上去像是风尘仆仆的旅人，放下背包，兀自拿了两瓶酒打开慢慢喝着。

大家玩真心话大冒险，顾欣选的大冒险，同事让她去要隔壁桌男人的电话。顾欣性格大方，这种游戏她只觉得孩子气，但还是去了。她拿了瓶酒和一个杯子，走到男人对面坐下，给他和自己倒酒，然后举杯说："帅哥，可以认识一下吗？"

任竭本来只是这座城市里的一个旅客，他稀里糊涂地跟着端起酒杯，和顾欣碰杯饮酒。顾欣那时太美了，穿一条黑色吊带裙子，涂香奈儿43号唇膏，头发微卷，举手投足间都让人忍不住想多看两眼，任竭为那样的顾欣心动了。

顾欣和同事的那顿酒被任竭悄悄去买了单，顾欣想道谢，他却已经离开了。

之后再相遇是在一个雨天，顾欣没带伞，跑到一个咖啡厅外的屋檐下躲雨，巧不巧，任竭就坐在窗边。

顾欣坚持要帮任竭的咖啡买单，以偿还上次的酒钱。任竭欣然接受，和顾欣并肩走出咖啡馆的时候，雨停了，天边出现一道若隐若现的彩虹。

他们的相遇很浪漫，完全可以拍成一部浪漫的爱情电影。相爱的两人总是误以为所有的偶然都是天意，加上一点儿浪漫和理想，就能来场轰轰烈烈的感情。人类擅长自我感动，以为生活来源于艺术，其实不过是在模仿糟糕的电视剧和三流小说而已。

~2~

任竭刚结束一段长达八年的工作生涯，他原本是一家企业高管，但因为经历了母亲病逝，他突然想明白了一些，就递交了辞呈，开始四处毫无目的地走走停停。大学时他是摄影社团的成员，对摄影稍有了解，便花了一万多块钱买了一个单反，看到有趣的东西就拍拍。

任竭把在咖啡馆拍下的顾欣拿给她看。

“拍得真好。”顾欣露出欣喜的神色，相机里的她因为调色和构图多了平时没有的文艺和静谧，很像电影里的一帧画面。

“喜欢的话我找家相馆把照片洗出来寄给你。”

顾欣便留了公司的地址和自己的电话。

过了大约半个月，顾欣收到一个快递，寄件地址是杭州，里面是她的照片和一张明信片。

——“答应给你的照片，敬请惠存。”

顾欣笑了，拨通快递单上的号码，等对方接通，声音爽朗地说道：“你是去西湖玩了吗？”

“对啊，顺便去了一趟灵隐寺。”

“你信佛？”

“也不是，只是觉得到了有寺庙的地方就应该去拜拜，也算不上什么虔诚的佛教徒。”

“这还不算啊。”顾欣开他玩笑道，“可别看破红尘出家了啊。”

任竭在杭州又待了一阵子便回到重庆，在顾欣公司楼下约她吃饭，一见面就是一份大礼。

“这是我在杭州买的丝绸被套，还有睡衣、丝巾什么的，丝织品对女人皮肤好。”

顾欣接过，再三感谢道：“你这又是请吃饭又是送礼物，我真的不知道该回送你什么了。”

“还要礼尚往来？”

“不然呢？”顾欣微微偏头，露出俏皮的笑容。

后来任竭就留下来没走了。

一时半会儿也不知道该做什么，任竭便在豆瓣上发起同城活动，有偿约拍，一套照片收费几百块，本来抱着试试的心理，没想到真的有人来咨询。任竭便开始了他半路出家的摄影师生涯，一个月能赚小几千，但最多当赚个零花钱。和顾欣在一起后，任竭才发现她开支很大，虽然她都是花的自己的钱，但有时还是忍不住劝几句“这个不是还能用吗，怎么又买新的”。顾欣的理由则是自己开心就好，买下东西的那刻能给自己一种满足感和快感，那么它就值得买。

顾欣一直想介绍任竭去朋友的公司，或者创业也好，而不是每天拿着相机在街上漫无目的地晃荡。任竭说他现在还不想被任何一项工作所束缚，拍照就挺好，时间自由也不需要考虑太多。

“你还没到三十岁，怎么感觉提前过上退休生活了？”顾欣无奈，摊开手耸肩说，“随你啦，反正你女朋友这么能干，说不定你以后能成为李安那样的人呢。”

任竭笑笑，倒是从不与她争吵。无论他多晚出门，都会赶在顾欣下班前回家，准备好晚饭，从冰箱里拿出啤酒。顾欣最爱喝一款樱桃味的啤酒，口感微酸，很好入口，但是后劲大，喝一两瓶就开始有醉意。

他们最喜欢晚饭后，坐在地板上的地毯上，喝着酒，音响里放着喜欢的歌，有一搭没一搭地闲聊。那是一段什么都不用去费心思考的时间，好像钻入了爱丽丝梦游的仙境，不用担心变老，也不用担心会有人对你指手画脚。

顾欣带着些微醉意，靠在任竭肩上，喃喃道："你会永远陪着我吧。"

"会的。"任竭说。

~3~

顾欣一直没有讲的是，在遇到任竭之前她刚结束了一段四年的感情。本来已经到了谈婚论嫁的阶段，但对方父母不同意，嫌顾欣家境不好，工作也不能跟医生、老师、律师比，赚快钱的职业谁知道几年后会怎样，这不是给自家增添负担吗。大人世界里的斤斤计较，顾欣算是领会到了，男友性格懦弱，父母的话就是圣旨，最后虽然也痛苦，但还是狠心跟顾欣断掉了关系。顾欣是心气特别高的女孩子，自尊心很强，遇到这样的事，伤心倒成了其次，反而激发了她的好胜心，想要赚更多的钱，拥有更多可以用钱带来的安全感。

任竭生日那天，本来是约好一起去外面的餐厅吃饭，订好了位置，一切都准备好了，顾欣却临时爽约，理由是因为工作。

"当时加班开会啊，那个项目做好了我可以拿到很多奖金。"顾欣直言不讳，她知道是自己不好，第二天立马买了一个昂贵的礼物送给任竭。

其实他倒希望顾欣能说点儿诸如“没办法啊，老板不放人”这类的借口，可没想到她这么直白地说出来，一时弄得任竭反而不知道该说什么好。

“赚钱真的那么重要吗？”

“当然重要。”顾欣说，“反正我没吃过有钱的苦，现在住的地方、每天要花费的东西都需要钱，你是过去生活得太安逸了，才不知道没钱有多惨。”

没钱有多惨呢，顾欣是不想再去回味那种日子。虽然现在每个刚认识顾欣的人都很难想到她也有穷得连续一个月吃馒头的经历，大冬天洗冷水澡的遭遇，但那些事都确确实实发生着，后来有了钱可以用华美的衣服和精致的妆容来隐去受苦的痕迹，可是身体不会忘记。

任竭准备用自己的积蓄首付一套房子，地段都看好了，离顾欣公司非常近，紧邻这座城市的 CBD（中央商务区），有明亮的落地窗，还有大阳台。任竭偷偷准备着一切，想要把它当作向顾欣求婚的礼物，但到了最后关头两人却又吵架了。

事情的起因是顾欣做事的方式，为了升职顾欣收集了竞争对手的一些黑料然后用邮件匿名发给董事会。 石激起千层浪，公司中层都被整顿了一番，只有顾欣等极少数几个人成了受益者。说起这件事，顾欣似乎还心有余悸。“其实没想到事情会闹得这么大，当时我还挺害怕的，如果被人发现了该怎么办。”

“怕被人发现就不应该这么做。”任竭露出鄙夷的神色，想到过去他在以前公司工作的时候再怎么想得到一样东西也没用过这样的手段。他不喜欢顾欣的做事方式，显得太卑鄙了。

“我不过是让上面的人知道那些人做的龌龊事，有什么不对吗？”

“可是顾欣，难道你自己就能做到对每一件事都问心无愧吗？”

顾欣不说话了，呵呵冷笑两声，然后去冰箱里拿啤酒喝，不再理任竭。她一个人连喝了三瓶，开始有了醉意，任竭实在看不下去，过去拉她，说：“进房间睡觉。”

“不去。”

“坐地板上会感冒的。”

“任竭。”顾欣放下啤酒瓶子，深吸了口气，然后问，“你是不是特瞧不起我，觉得我嗜钱如命，吃相特别难看？”

任竭没说话。

顾欣急了，提高声音又问了一次：“你回答我啊，是不是觉得我吃相特别难看？”

“是。”任竭的声音短促地从房间里闪过，但也足够顾欣听清楚了。

~4~

第二天任竭留了一张便条，说自己去川西采风。顾欣起床看到的时候，呵呵冷笑两声，把纸条揉成团扔进了垃圾桶。

其实任竭只是想让彼此都静静，有时间和空间去思考一下未来。但顾欣觉得他在逃避，或者以这样的方式来告诉她，她是个多么糟糕的人。

大约一周后，任竭回来了。提着一箱子奇奇怪怪的东西，都是他在川西各地淘回来的，他觉得顾欣应该会喜欢。可是等到晚上，顾欣也没有回家，打电话过去隔了很久才有人接，是个男人的声音，还伴随着嘈杂的噪音。

“你问顾欣啊，她玩得正起劲呢，叫我帮她接下电话。”男人说。

“你是谁？”任竭问。

“她朋友。”

“给我地址。”

任竭一到，就被房间里的气氛弄得想掉头就走。一群年轻男男女女虚耗青春的方式，酒瓶满地滚，桌上的甜品、主食被弄得乱七八糟，屋里呛鼻的烟味和酒精气味的交融，令任竭感到非常不舒服。顾欣就躺在最里面的那张沙发上，看上去是玩累了，没有人过去哪怕询问一声，就把她这样孤零零地丢在那里。

“回家吧。”任竭脱下外套披在顾欣身上，一把抱起她来。

顾欣没有说话，也没有动作，眼睛半睁着，她看到任竭了，走出房间的时候她才伸手握了握他的手。

“怎么喝这么多？”口气略带责备，但又不忍苛责，“我给你买了好些礼物，想你看到一定会喜欢。”

那些任竭不远万里带回来的东西，有民族风的衣物头饰，有藏银手镯，有漂亮的绿松石项链，稀奇古怪的，却都美得不可方物。顾欣一见到果然喜欢得不得了，把它们一样样小心地拿出来，然后一一收好。

“我还以为你不会回来了。”顾欣说，“那天早上醒来发现屋里找不到你，突然就开始觉得心慌，从来没有过的恐惧，但我心里一直告诉自己，爱情这种东西又不能拿来当饭吃，告诉自己不要留恋不要害怕。其实啊，都不过是伪装，心灵鸡汤天天教我们要做独立的女人，面包自己赚，给我爱情就好，说什么就算不结婚到了七老八十也可以做个很酷的老太太，其实我想说去你的女权主义，我就是想结婚，就是想有一个人可以陪我走过余生，我害怕一个人，非常害怕……”

任竭从没有见过这样的顾欣，他觉得很心疼，她伪装出来的铠甲其实一点儿也不坚固，说到底她也不过是个还没长大的小女孩儿。他伸手温柔地摸了摸顾欣的头发，怜爱地笑道：“白痴，不结婚不是女权主义，别被网上的鸡汤段子给糊弄了。”

顾欣皱了皱眉，抿嘴笑了，说：“好，你说的都对，以后都听你的好吗？”

那是顾欣和任竭最好的一段日子，和好后两人甚至去看了婚纱，计划着关于未来的一切。顾欣再次提出让任竭找份稳定的工作，任竭说他想想，他暂时并不缺钱，能够养活自己和顾欣。但顾欣有自己的想法。“工作不只是为了赚钱，也是为了积累自己的人脉，你刚来这个城市，想要安身立命必须要认识更多的人，结交更多的朋友。”

任竭略反感道：“也方便你以后借助我的资源往上爬吗？”

“任竭你什么意思？”顾欣不解道，“你到底是经历了什么样的人生挫折才会垂头丧气到如今这个地步？不就是死了妈吗，何必一副全世界都亏欠你的样子？”

“啪”，当手掌落到顾欣脸上时，任竭才反应过来。

顾欣倒是一脸平静，冷眼望着任竭，眼泪从眼睛里掉出来的时候都没眨一下。

“我们分开吧。”顾欣平静地说道。“太遗憾了，我是那种受过伤余生都会流血的人，我没法再相信你，在会给我幸福这一点上。”

“你知道你最让我鄙视的是哪点吗？”任竭痛心道，“不是做事的方式和急进的价值观，而是你根本就不相信这个世界上会有人真心爱你，你说我走不出母亲去世的阴影，其实你又何尝不是。你都不相信自己值得被爱，别人又怎么来爱你？”

~5~

顾欣不再回家。每天用加班来打发掉所有的私人时间，有时候睡在公司，有时候睡在酒店，要不就挨个给朋友打电话看谁能收留她一晚。

“你还要持续这样的状态多久呢？”朋友问她。

顾欣摇头，她怎么知道呢，失恋这种事因人而异，可能要很久，可能明天早上醒来就发现自己痊愈了。顾欣不想回家，因为害怕一个人待在家里会想起和任竭在一起的那些日子。其实有时候顾欣也讶异，她觉得一开始的自己并没有那么喜欢任竭，只是太累了想找一个人陪伴，任竭与她是格格不入的人。他不食人间烟火，而顾欣是要在烟火里拼命的人。

顾欣失去了任竭的下落，不知道他离开这座城市后去了哪里。她记得以前任竭说过，他从小和父亲关系疏远，只和母亲亲近，所以他应该不会回家，大概又像第一次见面那样背着自己的旅行包到处走吧，谁也不知道他下一站会停留在哪里。顾欣没想到最后他竟成为自己生命里的一桩悬案，自此去向不明。

顾欣有个学心理学的朋友，她说顾欣和任竭两个都属于超级没安全感的人。任竭总觉得母亲的去世和他太过忙碌没有顾及家里有关，所以一直逃避世俗里的工作，以为只要再回到那种生活里就会往事重演。而顾欣呢，因为心里的自卑和被前男友抛弃的经历，导致她一直不愿意相信任何人，觉得全世界除了她自己谁也不值得去真正依靠。

“分析得挺像那么回事。”顾欣伸手把头发绕到耳后，对朋友不耐烦地笑道，“不要以为学了几年心理学就能来我面前解剖人性了。”

朋友耸耸肩道：“当我没说。”

顾欣端起酒杯，仰头喝酒的时候顺便把眼睛里泛光的东西遮住。

大抵命运总是不会轻易将幸福拱手相让。有人总想力挽狂澜，但我们只是沧海一粟，说到底谁能责怪谁，渺小众生，想要的都只是寒冷时刻的炉火，炎热夏日的西瓜，还轮不到谈及辜负。

灯火阑珊处，我还在这里

灯火

星空

西瓜

短发

故事

Chapter 2

灯　火

爱情，是勇敢者的游戏

~1~

游戏人间、玩世不恭是需要天赋的。

上了牌桌，就意味着要有输赢。有些人运气好拿到双王四炸，有些人运气背，几局下来也没个炸弹。把烂牌打好需要智慧和勇气，而把好牌打烂也是一念之间。而少部分人，从上牌桌开始，输赢皆是泡沫，想的是我要玩过瘾，也不是没有人撂开牌局中途离场的。

蔷薇想要做最后一种人。

认识徐大江的第一天，蔷薇就知道他属于最后一种人。

还好，还好，没有爱上他，顶多有点儿喜欢和他在一起时的感觉。蔷薇在经历三次感情的失败后，目标已经从找到一个合适的人结婚生子，变成尽兴嬉戏人间了。

在人生面前，所有人都是新手。人都是善于适应环境的生物，所以很容易凭借过去的经历来解读人生。呵呵，人生不就是玩嘛。

~2~

蔷薇第一次跟徐大江见面，是在酒吧。叫了几瓶酒，两人从骰子玩到真心话大冒险，再从真心话大冒险玩到猜拳。两个人把自己二十几年来所有的糗事情史全部说完，蔷薇听得两只眼睛瞪得溜圆，心里暗暗骂了不下十次“渣男”。

蔷薇喝多了，徐大江扶着她离开酒吧，在附近找酒店，找了半天全部客满，最后实在没办法只好去情侣主题酒店。

工作人员问徐大江开几间房，他刚比了个“一”，就被蔷薇打断道：“两间。”

呵呵，真以为老娘醉得不省人事吗？蔷薇心里冷笑着，拿着房卡冲徐大江说了声“再见”，然后把他关在了外面。

第二天蔷薇醒来，去隔壁间敲门，徐大江已经离开了。

本以为就这样从此江湖不再见，没想到中午的时候蔷薇却接到徐大江的电话。

“昨天趁你喝醉的时候存的号码。”徐大江说早上还有工作要处理，所以走得早。

蔷薇嗯嗯啊啊，不知道他到底想说什么。

“总之，千万不要消失。”末了，徐大江说了一句这样的话，“不要不接电话，不要不回信息，也不要玩失踪。”

妈呀，这是吸引妹子的新手段吗？要不是昨晚已经知道徐大江那些不堪回忆的情史，蔷薇很可能已经中招。毕竟温柔乡不仅仅是英雄冢，也是女人的死穴。

蔷薇认识徐大江这事，也完全是机缘巧合。刚失恋的蔷薇生活陷入一片灰暗，每天都肿着两只眼睛去上班，下班后什么也不想做，回到家跟个瘫痪病人一样躺在床上，盯天花板超不过一分钟，又开始上演悲情琼瑶戏码，无声地流眼泪。

不就是失次恋吗，又不是没失过，但还是止不住地难过，期盼着前男友回头痛哭流涕地跟自己道歉，求复合。蔷薇今年二十七，谈过三次恋爱，每次都很不顺，每次都奔着结婚去，使劲对对方好，认真过了头，导致没一个人敢和她在一起。

跟第三任男朋友分手的理由是，和客户谈生意的那三个小时里，蔷薇一共给他打了二十个电话，发了三十条短信，全是同一句话——“你为什么不接电话”。

呵呵，原来恋爱不能太认真，认真就得分。蔷薇总结出这个经验后，对人世间的爱情感到万分失望，祝那些白痴男生最后都找一个不爱他们的人结婚！

豁然开朗的蔷薇决定要重新经营自己的人生，反正恋爱结婚都这么难，还不如索性洒脱点儿，开心就好，何必在乎结果。做出决定的那天晚上，蔷薇决定去酒吧，这是她二十七年来第一次去酒吧，选了一件看似最暴露的衣服——吊带齐膝短裙，用卷发棒卷了头发，涂了个唇膏就出门了。结果到了酒吧蔷薇就怂了，看着周围的人，她自动选了个角落的位置坐下，默默点了杯鸡尾酒。为了增加底气，蔷薇觉得自己应该叫个人来撑撑场，叫谁都不合适，她打开手机的社交软件，打开附近的人，看谁的头像顺眼就加了谁，徐大江非常巧地路过酒吧门口，然后被召唤了进来。

他交往过的女朋友已经数不清，做过的各种事情加起来，“渣男”这顶帽子简直为徐大江量身定做。

但蔷薇还是愿意跟徐大江保持一定距离的联系。那天徐大江扶蔷薇出来的时候，路边坐着一个卖花老人，徐大江从包里掏出一张纸币，塞到老人手里说：“这么晚了，快回家休息吧。”

蔷薇当时打了个寒战，这句台词太像电影里的情节了！虽然她感觉有点儿不适，但她想徐大江渣是渣，到底也还是善良的。蔷薇的圣母心不小心泛滥了一下，最后就跟徐大江搞上了。哦不，是成了“朋友”。

~3~

一个人觉得孤独寂寞冷的时候，蔷薇就约徐大江出来吃饭。毕竟一个人闷在家里太容易食不下咽，徐大江这人很好玩儿，讲话就跟讲段子似的，跟他在一起蔷薇就一直哈哈大笑，很下饭的。但是吃完饭，蔷薇就不再联系他了。因为蔷薇一直告诉自己，不能对徐大江这种人产生一丁点儿男女之情，最后会死得很惨的，可能连骨头渣都不剩。

徐大江偶尔会发信息给蔷薇，蔷薇都会回，但就是不主动找他，一找他就是吃饭。“啊，江北新开了家店我们去吃吧。”“啊，南坪有家酒馆的下酒菜不错，我请你一起去吃呀。”“天哪，我好想吃小龙虾，快出来。”

久而久之，徐大江大概也知道蔷薇在想些什么，颇为无奈地调侃道：“看来我不该早早暴露本性呀。”

但有时候蔷薇会想念徐大江。比如一个人下班的时候，她会一直看徐大江有没有给自己发信息，或者犹豫要不要发信息问对方情况。想半天，最后的结果还是算了。蔷薇想，大概是自己太寂寞了，才会总是想让徐大江来陪自己，可是别人也有自己的事啊。

徐大江将近一个月没联系蔷薇，蔷薇也没有联系徐大江，甚至差不多已经快要忘记这个人了。萍水相逢，缘分点到即止。直到有天晚上，蔷薇接到徐大江的电话，对方微弱的气息从电话那头传来。“喂，你有时间吗，可以来我家一趟吗……”

蔷薇打车到徐大江家花了将近一个小时，她才知道徐大江家住得很偏。当她在网上查了下肺炎需要吃什么药后，果断地在自己家附近药店里买了一堆给他送来。按照徐大江发来的地址，蔷薇好不容易找到了，看着门没关开着一条缝，她推门进去，被里面的冷气冻得打了个冷战。

徐大江的家又大又空，一点儿生活气息也没有。她从半开的卧室门里发现了徐大江，他裹着一床厚厚的棉被，脸颊红彤彤的，呼吸急促。蔷薇着实被吓了一跳，平日里见到的徐大江都是生龙活虎嬉皮笑脸的模样，好像永远鲜衣怒马的少年，突然一夕之间垂垂老矣。蔷薇去厨房烧水，找了半天才从客厅桌子下找到一把布满灰尘的水壶，拿到水龙头下洗了半天，才敢放心装上水烧开。厨房里什么也没有，没有锅，也没有碗，垃圾桶里倒是有一堆外卖盒，柜子抽屉里空荡荡的，一点儿也不像有人住在这里的样子。

对于徐大江，除了他过去那一摊子烂感情事，其他蔷薇一无所知。想必他是欠了太多情债遭到报应了，最后生病只能找她这个相识不久的人来照顾，想到这蔷薇竟有点儿可怜他。

徐大江吃了药后，脸上的红晕渐渐退下，熟睡了过去。蔷薇看到桌上放着徐大江的钱包，打开数了数，直接拿着钱包就走了。

从超市出来的时候，蔷薇两只手里都提着满满两大袋东西，全是锅、碗筷、米、面条等日常生活用品。蔷薇站在楼下看着电梯上显示的数字，心里开始疑问，为什么徐大江一个电话她立马就来了？会不会显得她太好使唤？徐大江该不会以为她喜欢他吧？蔷薇一阵猜测，脚步还是不由自主地走进了电梯。

这时，徐大江已经起了床，光着上半身在屋里走来走去。

"你这是在干吗？"

此时，徐大江回过神来，伸手抓了抓后脑勺，说道："我钱包不见了，我想下楼买点儿东西吃，饿了。"

"……你傻吗？"蔷薇把两大袋东西扔到沙发上，"要吃东西点外卖啊，你钱包我拿走了。"说着她掏出空掉的钱包还给他，一副理直气壮的模样。

"我钱呢？"

"买这些啦。"蔷薇指指沙发上的东西。

徐大江一看，头冒冷汗道：“你买锅碗瓢盆干吗，我又不用这些。”

蔷薇白了他一眼说：“你知道你一个大男人为什么身体不好吗，就是因为每天吸食地沟油。”

徐大江呵呵两声，从袋子里找了个苹果洗干净啃起来，懒得理这个女人。

蔷薇熬了一锅粥，炒了几个菜，端到徐大江面前，拍拍手说道：“快吃吧。”

或许，有时候打动人的不是玫瑰花和钻戒，也不是甜言蜜语和海誓山盟，甚至都不是什么深情。而是某个人想要在夏天吃一根雪糕的时候你给了他，想要看星空的时候你画了一片银河送他，想要一个家的时候你给了类似的温暖。

~4~

徐大江生病那几天，蔷薇每天都定时提着新鲜的食材来他家给他做饭。徐大江喝小米粥，她吃糖醋排骨，徐大江喝稀饭，她吃炖猪蹄，徐大江吃没味的面条，她吃泡椒凤爪。

“你这女人是不是一点儿眼力见儿都没啊？”徐大江喝光最后一口粥，终于忍不住暴发了，“不行，我今天要吃肉，光看你吃我都快馋死了。”

蔷薇心软，只好在自己碗里扒拉扒拉，扒拉出一块小拇指大的肉丢进徐大江的粥里说：“凑合吃。”

照顾徐大江的时候，蔷薇对他产生了一种奇怪的依存感。就像自己养的一棵小树，她给他浇水施肥，看着他一天天慢慢长大，看着他的病好转痊愈，蔷薇心里生出一种很奇怪的情感。

蔷薇吃完饭，徐大江在网上帮蔷薇叫了车。蔷薇蹲在门边穿鞋的时候，徐大江突然走过来抱住了她，很轻很轻地，像蜻蜓掠过水面的拥抱。

“路上小心。”他说。

回家的路上车子要经过一条很长的隧道，每次进入的时候，蔷薇都感觉自己钻进了一个盒子，暖黄暖黄的，像一个悠长不真实的梦。从前经过这，觉得孤单，此时此刻蔷薇心里却暖暖的，带着欣喜的情愫。

可是，她应该喜欢徐大江吗?

徐大江病好后，蔷薇没再主动找过他。有时徐大江会发一两条信息过来，蔷薇就回他，有时徐大江深更半夜会打电话过来，蔷薇就陪他聊几句。

“喂，你要不要这么冷淡啊？”有次徐大江终于憋不住了，抱怨道，“不要以为你是我的救命恩人就可以甩脸色给我看哦。”

蔷薇翻着白眼说：“你对救命恩人就这态度？”

“那个，”徐大江在电话那头顿了顿，像是酝酿了很久般地说道，“要不我们谈个恋爱呗。”

那晚，蔷薇正敷着面膜追着剧，心不在焉地应付着徐大江的电话，听到这一句的时候，吓得她差点儿把手里的 IPAD（苹果平板电脑）掉到地上。

“跟你谈恋爱太没保障了，”蔷薇说，“我得想想。”

~5~

这一想就是一两个月。蔷薇口头上没有答应，但是已经跟徐大江像情侣一样开始约会，走在街上会自然地挽住他的手，徐大江叫她宝贝，问她以后他们是不是可以再也不分开，蔷薇却没答话。

“不知道啊。”蔷薇很想回答，“我也不想分开，可是你真的不会离开我吗？”

如果从没谈过恋爱，没爱过几个人，保留最初的天真和赤诚，蔷薇一定会奋不顾身地爱上徐大江。哪怕知道他说的不过是不着边际的甜言蜜语，也会死心塌地去相信。可是为了不再受伤，蔷薇给自己的心装上了铠甲，她分不清真实与虚假，也感受不到年少时的那种悸动。

徐大江每次回蔷薇信息的频率都又少又慢，要是放在过去她早发了疯，可现在她也不想管，她知道男人的天性，想要空间想要自由，稍微多管一下就会觉得你烦。那就保持距离吧，即使没有电话没有短信，蔷薇也能生活下去了。

这样大概过了半年，徐大江突然告诉蔷薇自己要去西安发展，问蔷薇要不要跟他一起去。如果在那边找不到工作，他愿意养她。蔷薇当时脑子一懵，但嘴里已经回答了他：“不去。”

蔷薇不是不信徐大江说的话，可是她跟过去，如果有一天他不再爱她，她将什么也没有了，她不想再把自己的人生全部赌在一个人身上，她已经没法再承担失去这件事。

而后，他们有很长一段时间没再联系，就连徐大江去没去西安蔷薇都拿不准了，算是分手了吧？

蔷薇第二次去酒吧，是夜晚一个人听到梁咏琪唱“有时候爱还不如长岛冰茶”时，她心里猜测着长岛冰茶的滋味，然后就起身换衣服来到了酒吧。

一个人坐在第一次遇到徐大江的位置，她好像慢慢记起醉酒断片的那部分记忆，她其实是一直都知道的，徐大江父母在他很小的时候就离异了，家里条件其实挺好的，但他连上大学的学费都交不上，因为父母互相推让责任，为谁该多给点儿学费争论不休。等到大学一毕业徐大江立即就去了离家很远很远的南方，也认真谈过几段恋爱，后来的徐大江也不记得到底和多少女生在一起过。他只记得，某一段恋爱里女孩儿跟徐大江分手后，为了挽回对方他准备好了戒指连夜坐飞机去找她，结果只等来对方一句冰冷的“不要再找我了”。当时他觉得自己挺可笑，热脸去贴冷屁股。你问徐大江有过真心吗，有，但不是对每一个。

蔷薇从不觉得自己能使浪子回头，每个人都有不敢爱的理由，沉沦过去的泥淖，是因为我们都没有勇气重新再开始。用各种理由来麻痹自己，高唱着“爱还不如一杯长岛冰茶”，转身却看见唱歌的人哭花了脸。

说到底，他们都不是游戏人间的高手。有过落败，才知收敛。

很久后，蔷薇做了个梦。梦里的徐大江如第一次见面时的少年意气，一副玩世不恭的模样。蔷薇和他牵手走在一条空旷的隧道里，灯火通明，像一个被温暖炉火烘烤着的盒子。徐大江像在自言自语道：“我所说的每一句承诺都是真的，我会尽力去做到，但做不到你也不能说我从未真心过。”徐大江眼睛突然就红了，“你不能说我从未真心过。”

两个人究竟能不能走到一起，谁也不知道，就连婚姻也不是爱情的终点站，一生几十年，没人知道往后还会经历什么。我们要抵抗的不是时间，只能是自己。

“我们以后都不分开了好吗？”梦里的蔷薇抬头看向徐大江，嘴角上扬。

在灯火温暖的光晕下，徐大江低头望着蔷薇清亮的眼睛，点了点头，然后抱住她。

爱情，是勇敢者的游戏，比游戏人间更需要天赋和勇气。

星　　空

爱上一个人，就是想和他结婚

~1~

冷姚要结婚了。

这个惊人的消息在朋友圈已经炸开了好几天，其中的惊讶和不可思议依然没有散去。

曾经说出男人如衣服永远不结婚的人，现在跟个被幸福砸晕了头的傻大姐一样，整天在朋友圈里秀恩爱。

所以女人的话不能信啊，更不可以和她们结盟什么的，一开心就说要跟你一条路走到黑，我是单身我怕谁，不开心了立马撕破脸问：你谁啊，我们认识?

呵呵，女人，你的名字叫善变。

朋友里有个叫聪子的男生，从中学时就开始暗恋冷姚，追了足足五年，连个小手都没拉着，看着她身边换了一个又一个风格迥异的男生，也没轮到自己，最后心灰意冷地出国留学了，学成归来本以为冷姚会多看他几眼，结果对方要结婚了。

冷姚出身单亲家庭，从小跟母亲一起生活，大学毕业工作了两年，然后辞职和母亲一起开了一家私房小厨，店的面积不大，只摆得下三四张桌子，里屋还有个麻将桌，客人吃完饭可以打几局麻将娱乐。去冷姚店里吃饭的基本也就是我们这些朋友，谁过生日啊，谁要走了啊，谁打牌赢钱了，就组个饭局，给冷姚捧场。她的主要收入来自外卖，店附近都是写字楼，上班族订餐的多，每天中午冷姚都忙不过来。跟外卖公司合作，一个外卖要给快递员小几块，不忙的时候冷姚就自己去送外卖，未婚夫就是那时候认识的。

冷姚的未婚夫杨老板在隔壁那栋写字楼里开了一家文身工作室，生意好到不行，要来文身的客人都必须事先预约。杨老板每天从早上工作到晚上，一日三餐都叫外卖。冷姚第一次给他送餐的时候，他正趴在桌上小憩，以为是没预约就上门来的客人，非常不耐烦地起身准备“赶客”，结果发现是个漂亮姑娘。

没事先预约的客人杨老板绝对不接，但漂亮姑娘暂且可以例外。

“你要的青椒牛肉盖饭。”冷姚把外卖放到桌上，等着收钱。杨老板长得很普通，个子也不算太高，所以看他第一眼时冷姚确实对他没产生任何其他想法。

收完钱冷姚就准备走人，杨老板叫住她，给了她一张对折的纸。冷姚打开纸，她刚才进门坐在椅子上的侧影栩栩如生地被展现在画纸上。杨老板笑了笑说："送你的。"

杨老板从小就在画画上拥有极高的天赋，但时不与人，画了好多年都没被伯乐发现，为了生计便开了这家文身店，没想到生意火爆，一个月赚个六位数根本不成问题，就是还缺个老板娘。

杨老板喜欢冷姚爽朗的性格，她不说话的时候好像也是笑着的，只要看着她就会觉得暖心，而冷姚恰好又喜欢有才华的人，两个人一来二去就搞上了，哦不是，是开始交往。

跟杨老板交往后，冷姚删掉了手机里所有追求她的异性，朋友圈百分之九十的时间都是在秀恩爱。交往三个月，已经火速订婚，冷姚现在的世界里只剩下杨老板和小店。

~2~

2014年的夏天，两人举行了草坪婚礼。参加婚礼的亲戚朋友有上百人，香槟、气球和鲜花，充斥着整个会场。冷姚和杨老板两人脸上都洋溢着幸福的笑容，朋友拿着录影机记录下这一瞬间，大声喊着让他们看镜头说出想说的话。

"我们会狠狠幸福下去的！"冷姚咧开嘴露出洁白整洁的牙齿，手紧紧挽着杨老板的胳膊。

"我会爱护她一生一世！"杨老板搂住冷姚，在她脸上轻轻地吻了下，神情是一脸怜惜，仿佛冷姚是个易碎的瓷娃娃，稍微用力一点儿，就会碰碎。

喜欢冷姚多年的聪子也来参加了婚礼，送了冷姚一个大红包，多喝了几杯酒，他借着酒劲走到冷姚面前，眼眶红红地，带着颤音说道：“冷姚，你要幸福啊。”

冷姚笑得很大方地说：“谢谢。”

“一定要。”

这时有人过来拉走冷姚，让她到那边敬酒去。聪子望着她离去的背影，兀自说出最后两个断在空气里的音节——幸福。

结婚后，冷姚成了一个十足的小女人。收拾起从前那些过于暴露鲜艳的衣服，不再化浓妆，只画一点儿淡妆，梳个马尾，穿着恬淡素净，站在杨老板身边就是一副岁月静好的模样。我们开玩笑调侃冷姚是风尘女子从良，她也不怒，反而开心地说：“是呀是呀，我乐意。”

杨老板的一日三餐再也不用叫外卖了，都由冷姚负责。今天川菜明天鲁菜，只要杨老板愿意，冷姚就能做到不重样。结婚半年，杨老板胖了十斤，冷姚对此特别自豪，恨不得在他脸上写上“都是我的功劳”。

冷姚太爱杨老板了，虽然他其貌不扬，冷姚爱他的才华，他不文身待在家里画画的时候，冷姚就静静地坐在他身边，有时会当他的模特。

“以后我们有了孩子，你教他画画吧。”冷姚坐在晨光熹微处，两只眼睛像小月牙儿。

杨老板支起画架，说：“好。”

2015 年是冷姚和杨老板好的最后一段时光。那年夏天大家还一起自驾出去玩，搭帐篷，吃烧烤，晚上坐在草地上数星星。冷姚穿着杨老板的薄衬衫，和他并肩而坐。我永远记得那个场景，夏夜凉风拂过，空气里是夜晚静谧的气息，漆黑的天空成为一块幕布，漫天繁星点缀其中，像一盏盏小灯。

冷姚给其中一颗星星取了名字，爱杨星。爱杨老板始终如一。

但没多久，冷姚就变了，开始找我们喝酒。一个人一口气喝完了一瓶之后，打个嗝，满嘴酒味，然后开始哇哇大哭。

问她怎么了，她也不说。又喝了一瓶酒，醉得晕晕乎乎后，才吐露发现杨老板出轨的秘密。

小三人人喊打，这事怎么能轻易了结。冷姚哭着说，变心了，就算把那姑娘生吞活剥了也没用，他还是爱她，因为你怎么可能左右一个人的情感呢。

那怎么办。怎么办，数学公式不会就多演算两遍，语文诗词记不住就熬夜再背，没钱了就去赚，一个人不爱你了该怎么办?

离开吧，舍不得。不离开吧，跟一个渣男耗什么。

冷姚没有在杨老板面前揭穿这事，太爱一个人就会低到尘埃里，冷姚顺带着把秘密也埋了进去。

第二天去店里见她，又一副岁月静好欣欣向荣的模样。

杨老板喜欢的那个女孩儿是学美术的，画画很厉害，两人相识在一场画展上，聊了几句发现相见恨晚。从朋友到情人可能就需要几步，杨老板只要说自己出门和朋友见面，冷姚就会心神不宁。

“你疯了吗，这样也能忍？”

“不然呢，那我应该怎么办？”冷姚突然就哭了，说上周去医院，发现自己已经怀有两个月的身孕。

“这世界还有没有王法了！”有朋友已经拍案而起，“我要去找他算账！”

冷姚说，让她想想。

但她已经来不及想了，晚上吃饭席间朋友早已按捺不住，要替冷姚出头。杨老板先是一惊，随即冷静下来，承认道：“对，都是真的。”

冷姚错愕，没料到杨老板承认得这么坦然。在她的预想中至少也得狡辩几句吧，连理由和谎都不愿意再撒，说明是一点儿挽回的余地也没有了。

想到他们结婚时说的那些誓言和要永远幸福下去的势头，在场的所有人都陷入伤感。可这世上最无能为力的就是感情。能怎样，冷姚也不知道，除了伤心难过毫无办法。

爱真是让人堕落。那个曾经说人生短暂，尽兴就好的女生怎么会变得如此不洒脱不果断。也许，还可以有未来，还能够重新再来，毕竟，也彼此爱过啊。

杨老板把选择权交给了冷姚，不逃避也不努力，只要冷姚不愿意离婚他就不离，但不能保证做到离开那女孩儿。如果冷姚要离婚，他净身出户，答应一切条件。

这种选择权，不如不给。一个人要心冷到什么程度，才会给出这样的选择。

冷姚哭得昏天暗地，最后离了婚，但她没打掉孩子。

“我想生下来。”冷姚说，“以后可以送他去学画画。”

爱过谁，怨过谁，醒悟什么，放下什么。爱里这潭浑水，谁蹚一次，都是九死一生。冷姚突然变得特别平静，站在阳光下，轻轻摸着自己肚子说：“我想当妈妈了。”

~3~

冷姚离婚后，聪子开始频繁出现，不时献殷勤。

见过给女神当备胎的，没见过当得这么矢志不渝的。即使冷姚拒绝聪子的好意，他还是厚着脸皮三天两头跑到店里来。毕竟只有两个女人，店里生意又那么忙，有聪子搭把手还是方便很多的。换灯泡、搬货，有时还跑腿送送餐。

“我看聪子这小伙子不错啊。”冷姚的妈妈很喜欢聪子，她一开始就对杨老板没什么好感。每次杨老板来家里，都是一副大男人派头，从不会主动帮忙做什么。一个结婚前都不对你献殷勤的男人，结婚后就更别想了。

聪子每次来店里，冷姚的妈妈都非常热情，给他做喜欢吃的干锅虾和肉末茄子，而我们这些朋友，看到聪子对冷姚家这么好，以前对他爱答不理的我们，也渐渐改变了态度。

只有冷姚，还是永远那副冰山脸。

聪子不急不恼地说：“反正做这些本来也不是图个什么，只想她能够顺利生下孩子，母子俩幸幸福福的。”

“那你想娶冷姚吗？”我们问。

他脸一红，害羞地低下头，然后慎重地点点头。

“但冷姚可能一辈子也不会喜欢你。”

“没事，我可以什么都不图地照顾她一辈子。”聪子说，“如果她以后嫁给别人也没关系，我是心甘情愿的。”

真是闻者落泪观者伤心，面对聪子这个活脱脱的情圣，我们觉得有必要帮他一把，主要还是为了冷姚的幸福着想。

恰逢冷姚生日，我们把聪子拉来商量，准备让他们两个有机会单独相处培养感情。结果呢，聪子一心只想着冷姚生日这点儿事。“啊，冷姚最喜欢白玫瑰了，我准备给她定做一个白玫瑰的蛋糕，然后再买白玫瑰放在店里，到时她看到一定特别开心。”

“没创意。”我白他一眼，“这种庆生手法简直太低级了，哪个女生过生日不是收蛋糕就是收鲜花，你想想对方可是你女神哎，你女神！这种毫无新意八岁小孩子都能想出来的庆生方法实在太没意思了！”

“那应该怎么弄呢？”聪子傻愣愣地问。

当冷姚过生日的时候，我们先按照常规方式，吃饭吃蛋糕吹蜡烛，然后我们这一群人吵嚷着要喝酒，一个二个跟着跑了出去，拉下电闸，然后只听到屋里“啊”的一声尖叫。

冷姚最怕黑了，科学家说当一个人处在危险恐惧的环境里，特别容易对身边的异性产生依赖和好感。

尖叫声结束后，一个人冲了出来。聪子发出凄厉的惨叫声：“啊！啊！啊！有蟑螂！蟑螂！”

“……”

我们集体石化。

过了会儿，冷姚才慢慢走出来，左手拿开着手电筒的手机，右手拿着拖鞋，云淡风轻地说了句：“蟑螂被我拍死了。”

~4~

阿斗是扶不上墙的，聪子就是这个阿斗，命中注定了只能给冷姚默默地当一个备胎。

冷姚知道那件事是我们捣鬼之后，把我们约出来，挨个批判了一遍。

“人家聪子对你挺好的，无论你结没结婚他始终如一。”有朋友忍不住多说了两句。

冷姚脸色一下黑了，说：“你们也知道我现在的情况，离过婚还怀了孩子，所以我更加不能让聪子继续做我的备胎，这对他不公平，他值得去爱一个更好的女孩儿。”

冷姚现在已经怀了六个月的身孕，挺着个大肚子每天在烈日炎炎下出去买东西。聪子陪着她，她就骂他，可怎么也骂不走。

有人可以轻易离开你，有人却怎么也舍不得你。冷姚好几次对聪子说了非常难听的话，希望他不要再缠着自己，可聪子都没生气，依然傻呵呵地对冷姚好。

“我都喜欢你十几年了，多一日不多，你不要有负罪感，能为你做事我觉得很快乐。”聪子对冷姚说。

冷姚不说话了，像是没力气再跟他讨价还价了似的，叹了口气，无可奈何地翻了个白眼，说：“随你便。”

冷姚羊水破的那天，聪子正在厨房里给她煮燕窝。听到冷姚的大叫声后，他一个箭步飞奔出来。聪子抱着冷姚出去打车，一路上冷姚因为太痛，死死地抓住聪子，把他的胳膊都抓出血了。最后母女平安，冷姚生了个大眼睛皮肤雪白的小女孩儿，跟她长得几乎一模一样。

聪子像是自己当了父亲一样，高兴得大喊大叫，跟每一个看到的人握手拥抱，吓得大家以为他刚从精神病院跑出来。第二天，聪子就提了一大堆婴儿用品和奶粉来医院看冷姚母女，乐呵呵的样子像中了五百万大奖似的。

可是到了病房门口，他却看到了杨老板。

杨老板抱着自己的女儿唱小曲，看上去很高兴，毕竟这位才是亲爹。

听闻杨老板和他的小女朋友分手了，再看病房那一家三口温馨的情景，我们不禁浮想联翩……莫非是要复合的节奏？

可怜的是聪子，这下他连当备胎的资格都没了，他把东西默默地放在病房门口就转身走掉了，此后没再出现过。

杨老板现在倒是三天两头地来医院照顾冷姚母女，一副浪子回头新好爸爸的模样。冷姚的妈妈反正是对杨老板没有一点儿好脸色，看到他就直翻白眼，一个劲儿地在冷姚面前说聪子的好。

"唉，聪子不在感觉像是少了点儿什么。他以前最喜欢吃我做的虾了，现在都没人吃了，不知道什么时候才能再见咯……"

"妈，你少说两句吧。"冷姚说。

杨老板把冷姚要吃的营养粥端过去，帮她吹冷想要喂她，结果被拒绝了。

"我自己来就行。"

"我知道现在的我没资格说什么。"杨老板顿了顿，"不过孩子是无辜的，她需要一个父亲。"

“那也不是你。”冷姚很冷静，“我不希望我女儿生活在一个没有爱的家庭，我一个人就足以给她最好的幸福和爱。之前要死要活地舍不得跟你分开，是因为爱你，但现在我已经不爱了。”

冷姚出院后，杨老板没再出现过。冷姚每天忙着带孩子做生意，生活被填得满满当当。但是店里多了一个帮忙的人，他不但要帮冷姚带孩子，还要跑腿送快餐，还要在冷姚不开心的时候给她讲笑话听。

没错，是聪子。这个万年备胎哟，真是让人不知道说什么才好。但现在的冷姚脸上永远都是笑容满满，又重新回到了和杨老板相识前的那个她。

有些人的爱令你快乐，有些人的爱令你悲伤。我们翻山越岭，披荆斩棘，大刀阔斧为了爱的人不断前行，只是为了跟他在一起。

想跟一个人在一起。想在春天和他去百花深处，夏天为抢一块西瓜斗嘴，秋天的时候就起身流浪。冬天呀，冬天要蒙在被窝里说一季情话。牵一个人的手，看星空烂漫。唱一首歌，悠悠贯穿相伴的所有岁月。

聪子那两个未及时说出口的“幸福”，就由他亲自给吧。

西　瓜

有生之年，欣喜相逢

~1~

好吃的东西，最后一口，要留给心爱的人。

夏天冰过的西瓜，更是如此。

每年夏天，就是青青不吃饭的季节。因为她可以一顿吃掉一个西瓜，就再也不吃其他的东西了。男友杨扬不知为这事说了她多少次，但又不忍心真的让她不吃，见她委屈地嘟哝着小嘴可怜巴巴的模样，杨扬只好放下抢过来的西瓜，让步道："吃吧，不过待会儿你要再吃点儿饭啊。"

所有关于夏天的诗歌都应是欢喜的、悠长的、缓慢的，要把每一日都过成诗。年轻时候总以为命运掌握在自己手里，只要抓得够紧，就不会失去。

彼时年少，杨扬和青青上高中的时候手机都是只能打电话和发短信的诺基亚，但每月话费不多，所以不能时时刻刻联系。于是杨扬只要一想起青青，就给她写信。当时他在学校的文具店里买了一大沓信纸，晚上上完自习就趴在宿舍桌上写东西，仿佛青青就坐在他面前，但用书写的方式又比语言表达更足够深情，不用拘泥，也能够说出平日里不敢说的情话。

杨扬说有天跟朋友出去吃饭，他们讨论起教他们数学的男老师，据说他老婆以前也是这个学校的老师，长得特别漂亮。但自从结婚生子后便日益发福，整个人完全变了样。杨扬在心里想，无论青青以后变成什么模样，他都始终爱她如初。他在信里写“我未来的妻子，亲爱的，这一生除了你我难以想象会和其他人共度一生”。

青春的恋爱都纯粹，以为牵了手就会是一辈子，没想过其他，觉得有爱就好，和平年代里，只要不发生什么人力无可逆转的大灾难，既然是相爱的两个人又为什么会分开。

一直到大学毕业，杨扬和青青的感情都非常好。两个人只要一有空就腻在一起，眼里只有对方，恨不得把每天说的话都记录下来，因为每一刻都太珍贵。

杨扬和青青身边的朋友见证着他们一步一步走过来，每个人都无比相信他们会走到最后。有时候爱情需要运气，羡慕不来的。

~2~

2015年的平安夜，杨扬在外地，从网上买了一箱苹果送给青青。青青拍图晒在网上，那是他们在一起的第八年。接着没一会儿，青青便收到一条陌生短信。

——我跟杨扬已经在一起很久了，他一直不忍心告诉你，但我想，坦白事实比三个人这样继续纠缠下去都好。虽然你会受伤，但何尝不是为了你好。

短信之后，又传来一张照片，是杨扬在一个陌生厨房里忙碌的背影，身上穿着花围裙，一看就是女生的。

你能够想象那种感觉吗？每天对你讲情话许未来的人，你从没怀疑过他的半句话，但是突然他好像被推向另一个洪流，让你突然不认识身边这个人了。

看到信息后，青青立即问杨扬人在哪里。杨扬没反应过来，说在出差啊，然后就听到手机那头青青的哭声。

杨扬提前一天结束出差回来，想向青青解释这一切。可青青已经收拾行李搬到了朋友家，不肯见他。

在朋友家楼下等了很久，最终还是朋友下来问杨扬到底怎么回事。

结果杨扬支支吾吾着说："青青她人还好吗？"

"能好吗，哭一个晚上了，也不吃饭，人都憔悴了。"

"是我的错。"杨扬低头用脚踢了下地面说，"我应该早跟她说的。"

"就是说有这么回事了？"朋友真想冲过去打杨扬一顿，"什么时候的事？你跟青青这么多年的感情了你在想什么呢？”

“如果没有那么多年感情我早说了，我说不出口啊！”

“人渣，这种理由你也说得出口。”

“对，我是人渣。”杨扬说，“让我去见青青吧，我要跟她说清楚。”

朋友叹了口气，说：“我从没见过青青这么难过，你自己把握分寸吧。”

杨扬跟着朋友上楼，刚一进门就看见青青抱着朋友妻子哭，听到声音她抬起头来，看见杨扬后脸上是复杂的表情，眨眨眼，眼泪又落了下来。

杨扬和青青去了里屋，青青不愿离他太近，坐在靠门的椅子上，转过脸不去看他。

“青青。”杨扬一时也不知道如何开口，便问她要不要先吃点儿东西。

“那个女生说的都是真的吗？”青青直接切入正题，她伤心归伤心，但她并没有全然相信，希望杨扬能她一个完美的解释。

“对不起。”杨扬走到青青身边蹲下说，“我只是不知道该如何跟你开口。”

青青听到这里，情绪一下子失控道：“你在说什么？我们可是打算今年要结婚的，你可以告诉我这一切都是假的，为什么要骗我……”

给青青发信息的那个女孩儿叫林茉，是杨扬几个月前在一次酒会上认识的。两人本来没什么交集，是杨扬认识的朋友介绍他俩相识的。

“这是林茉，大家从事一个行业，有什么可以随时交流。”

杨扬至今还记得林茉冲他笑时的神情，明明那么近，却仿佛隔着人山人海的相望。两人互留了联系方式，没想过会发生什么，只是萍水之交而已。结果后来因为工作原因，两人又联系上了，一来二去算是成了朋友。

两个人下班后一起吃烧烤，林茉大口喝啤酒的模样让杨扬心动，他向来喜欢胃口好的女生，就像青青每次用勺子大口舀西瓜吃一样。但林茉跟青青并不一样，青青单纯天真，林茉更像一支带刺的玫瑰，带着几分入世的精明。爱情就是这么不讲逻辑和道理，杨扬喜欢上了林茉，林茉知道他有女友，两人还是不管不顾地在一起了。林茉给杨扬时间让他去处理，但杨扬每次到了关键时刻都开不了口，青青那边又全然不知，杨扬是她最信任的人，她根本不会想到杨扬有朝一日会背叛她。于是林茉做了坏人，从杨扬手机上记下青青的联系方式，发了那条信息给她。

“你告诉我这都不是真的……”青青双手紧紧拽住身边杨扬的衣服，不愿相信这竟然不是一场梦。

~3~

不管杨扬怎么劝，青青都执意要搬出去，不愿意再一个人留在他们共同住过的房子里。林茉帮杨扬收拾行李，跟房东办理退租手续，熟练得像在处理手里的工作。杨扬不禁想到青青，她是个凡事都需要他人帮忙才能搞定一切的女生，无论是租房子还是买东西一不小心就会被人骗，杨扬真的没法想象她一个人要怎么生活。

趁林茉在外面跟房东说话，杨扬悄悄地给朋友打电话让他帮忙照看一下青青，有什么情况告诉他。

“杨扬。”话刚说完，林茉就在外面喊他了，“你的行李收拾好没？”

“好了，马上出来。”杨扬拉着两个箱子，林茉过来帮他，“我自己拿就行了。”

关门之前，杨扬最后一次看了眼这个已经空荡荡的房间，心里感到被一块石头堵着。他告别的不是一间房间，是他过去许许多多的青春岁月。

本以为可以就此开始新的生活，林茉去超市买了红酒，买了牛肉和海鲜，回家在厨房忙碌了一个下午，想给杨扬做一顿丰盛的晚餐。结果在牛肉出锅的时候，杨扬接到一通电话，没说几句话脸色就变了，他急急忙忙跟林茉说：“我有点儿事出去下，等我回来。”

其实就算杨扬不说，林茉也猜到了几分，能让他这么急的事一定跟青青有关。林茉不打算追问，她是聪明人，知道一时半会儿想让杨扬彻底不再关心有关青青的事是不可能的。一个男人对一个女人的愧疚，有时候可以令他用命去弥补。林茉开了红酒，把煮好的牛肉盛进盘里，一口一口地喂进嘴里，直到最后牛肉吃完，杨扬也没有回来，没有一个电话和信息。

第二天林茉在公司吃午饭的时候才收到杨扬的电话。

“在上班吗？”杨扬问。

“在呢。”

“我在你公司楼下的咖啡厅，有时间下来吗？”

“好，等我。”

林茉去洗手间重新补了妆再下楼，杨扬坐在咖啡厅靠窗的位置，林茉还没进去就看见了他，他为林茉点了她最喜欢喝的抹茶拿铁。

“昨晚去哪里浪了啊。”林茉坐下喝了口还温热的咖啡，故作轻松地问。

杨扬的脸色看上去极差，估计一晚没睡，黑眼圈毫不客气地跑到眼睛下调皮。杨扬冲林茉笑了笑说：“吃午饭没？”

“吃了。”

杨扬顿了下，最后还是开口说：“我昨晚去见青青了，听朋友说她很不好，很多天没吃饭，整个人瘦得只剩下皮包骨。”

林茉保持着镇定，问：“然后呢？”

“认识她这么多年，我真的从来没见过她这样。”杨扬说，“她一直都是个长不大的小女生，过去我爱她，宠着她护着她，什么都不让她去碰，把这个世界替她挡在外面，我以为我会一直陪着她，让她可以开开心心做一个不谙世事的小女生，可是我现在做不到了，都是我的错，看到她那样我真的特别难过……”

这是林茉第一次见他哭，都说一个男人若是能为一个女人哭，那就是真的爱了。

咖啡厅里的轻音乐此刻听上去竟像一首慢情歌，但句句唱的都是离别。

~4~

青青离开杨扬后，生了一场病。感冒低烧一直不好，每天只能喝一些流食。身体病了，脑子跟着糊涂起来，好几次梦里醒来她都在喊杨扬的名字，喊了好久直到朋友过来，抱着她说“杨扬就过来了，他就过来了”。这时，她才恍然想起她和杨扬已经分开的事实，然后又开始伤心地呜呜哭起来。

“他都不要我了，还来干什么……”

杨扬陪了她一宿，一直跟她讲话，讲手机上看到的搞笑故事，讲冷笑话，直到青青睡着。

青青忘了说，其实她希望自己的病一直不要好，或者好得慢一点儿，这样她就有理由不那么辛苦地往前走了。离开杨扬，是她生命里的一场地震，只是要如何在废墟之上重建家园，成了她未来生活里需要面对的巨大问题。

自从杨扬从青青那里回来后，林茉便觉得一切都不对了。她总觉得杨杨心事重重，他晚回家的时候她都在猜测他是不是又去青青那里了，可是她不知如何开口，只好把所有的心思都吞到肚子里。林茉想着那干脆出去玩一圈，散散心，到了其他地方就不会总是触景生情了。晚上等杨杨回家后，她把想法给他说了说。杨杨眉头一皱，支支吾吾道：“最近手里紧，再过些日子吧。”

林茉觉得有点儿不对劲，问：“你不是才发了奖金吗，用完啦？”他俩经济各管各的，林茉也没想出去玩就花他的钱，她只是觉得杨杨有问题。一再追问下，杨杨才终于说了实话。

“我把所有钱都打到青青卡里了。”

虽然林茉有些哭笑不得，但还是心平气和地问他：“给了就给了，跟我说实话很难吗？”

“我怕你介意。”杨扬说，“我实在想不到什么其他弥补她的办法，至少要保证她衣食无忧，不要为了钱烦恼。”

林茉终于绷不住了说：“杨扬你到底还要这样持续多久？谈个恋爱分个手至于吗？”

杨扬难过地看向林茉说：“对，只是恋爱分手，对所有人都很正常，可是青青她不一样，她把我当成这个世界上最信任最亲近的人，现在她因为我的背叛而这么痛苦，我能坐视不管吗？”

“你越管她就会越难受，她永远都没法重新站起来！”林茉从没发过这么大的脾气，她觉得杨扬的脑回路她简直无法理解。她不是不能够理解他对青青的那些愧疚，但是她才是现在陪在他身边的人啊。

林茉去楼下转了几圈，把所有的事情都理了理，从最开始认识杨扬到后面发生的一切，林茉有些悲哀地发现，所有的事情其实都是她在推动，如果她不发信息给青青，杨扬还不知道会犹豫到什么时候才分手。如果她对青青的事不闻不问，杨扬其实什么也不会告诉她。

其实哪里是不爱了，愧疚和不舍都是在偏向爱的那一方。

林茉最后主动退出这场感情纠缠，壁虎断尾求生，就算再不舍，但为了能够更好地生活下去，总要有所割舍。

林茉和青青意外地在商场碰见过一次，那时她已经跟杨扬分开很长一段时间了。两人从没在现实里见过彼此，只是凭借着过去看过的照片就认出了对方。

青青约林茉去咖啡馆里坐坐，林茉答应了。

聊到杨扬，青青说现在杨扬对她很好，大抵是为了补偿过去的伤害。

“你就没有一丝一毫恨过他？”有时林茉觉得青青挺没骨气的，虽然浪子回头金不换，但杨扬顶多算是自己都拎不清的渣男。

“怎么会没有恨过，但究竟是恨不起来的，有时候换个角度想，这个人让我尝遍了爱情里所有的酸甜苦辣。”青青脸上的表情也分不清是难过还是在笑，“既然决定要携手走下去，就只能选择原谅过去。”

“是的。”林茉感慨道：“到最后，爱情不过是用来消遣的游戏。跟 dota、连连看并无不同，喜欢上就会沉迷其中，为其花费大量的时间和金钱，想要一级级打通关，获得成就感。只是爱情并没有什么终极关卡，这个游戏的设置本身存在许多 BUG（漏洞）。结婚生子不是，相携一生也不是。但幸运的是，在这款游戏里遭遇的失落，可以选择重新开始另一款爱情游戏来弥补。”

“真残酷，我为什么要说这些。”林茉冷笑道，“你终究还是要比我幸运些。”

青青愣了愣，最后叹了口气，对林茉说：“其实我还是很相信爱情的。”

我突然想起一个比较老的电视剧，叫《金婚》，其中有个情节是这样的，男主出轨了，女主闹过哭过想要离婚过，但最后还是原谅所有跟男主走下去。谁的生活不是一地鸡毛呢。

人生百岁，终须一别。对待爱的人，究竟是没有什么不能够原谅的了。人性的复杂之处，在于很多时候我们自己都不清楚自己到底是怎样一个人。只有经历过，才能懂得。

愿你一厢情愿的信任会有善终，愿你跋山涉水的深情终有果报，愿你求仁得仁得偿所愿，以往所有的辜负都能成为人生的勋章。

短　　发

剪短我的发，剪断我的牵挂

~1~

大庆在婚庆公司上班，一天要赶两场婚礼。做司仪不容易，明明他心里挺不相信爱情，还要一脸真诚地祝福新娘新郎白头偕老永结同心。那天，大庆宿醉未醒，打飞的才正好掐点赶到婚礼现场。东捣鼓西捣鼓，最后新人入场的音乐竟搞成了《分手快乐》。全场哗然，大庆被新郎揍了一顿。

被揍了就被揍了吧，大庆还悻悻然趁乱溜回去放了首《终于你做了别人的小三》。俗话说，宁毁一座庙，不拆一桩婚，大庆这简直是在损阴德。做司仪三年，大庆见证了太多对新人。婚礼上每对新人都满怀对未来的憧憬，一副势必会幸福一辈子的脸孔，但结婚从来不是通向幸福的必经之路。有多少夫妻在结婚后才蓦然发现生活的真相，背叛、争吵、冷漠、猜忌，把曾经在结婚时说的一生一世的誓言全部忘却脑后，甚至恨不得分分钟掐死对方。

爱情和婚姻到底是什么，大庆也不明白，在喝了十瓶啤酒后趴在马路上狂吐的他仍然不懂。

大庆和阿碧是在别人的婚礼上认识的。大庆做司仪，阿碧是伴娘，仪式开始背景乐响起，阿碧着一身白纱，头上戴着花环，跟在新娘旁边款款朝大庆走来。阿碧长得白白净净，一头漆黑及腰的长发披在肩上，在白色伴娘服的衬托下，仿佛有一圈光笼罩着她。大庆在念词的时候，眼睛都没离开过阿碧，他当时脑子里只有一个念头，就是一定要让这姑娘未来穿上新娘服成为他的妻子。

大庆对阿碧展开了疯狂的追求模式，把自己能够给的最好的东西都给了阿碧。阿碧是一家书店的店长，大庆没事的时候就跑到书店去待着。要知道他以前可是除了漫画一点儿文字都看不进去的“文盲”啊，现在倒好，一到书店就往外国文学那边冲，也不看书名，哪本厚就拿哪本，然后买杯咖啡静静地坐在位置上，不时从书后面偷瞄一眼正在工作的阿碧。

喜欢一个人，是没有逻辑和理性可言的。大庆喜欢阿碧，脑子里却什么也没想，就是想看到她，然后拼命对她好。知道她喜欢吃书店出门右转蛋糕店的蛋挞，他就每天去买，然后送给阿碧。看到她朋友圈发的状态喜欢上一条很贵的裙子，大庆就想办法多赚点儿外快然后买来送她。有次下大雨，大庆本来已经到家，但想到阿碧快要下班很可能没有带伞，于是又重新换好衣服到书店去接她下班。

阿碧对于大庆的好，只接受不发表任何意见。她看上去永远都是静静的，恬淡得像幅水墨画，好像不会哭也不会笑，让大庆总觉得有些不真实。

~2~

2015 年的夏天，阿碧和大庆领证了。没办婚礼，两人出国旅游了一圈。照片上的阿碧剪短了头发，酷酷的波波头，让她的脸显得更瘦削。大庆站在旁边，乐得比身后的太阳还明媚。回来后，大庆请我们这帮朋友吃饭。阿碧话很少，东西也吃得不多，大多数时间都是在走神。

“嫂子，以后大庆哥就麻烦你照顾了！”我们说。

她脸上终于有了波澜，微微一笑，弯起眼睛，端起酒杯，干脆利落地回了一个“好”。

好什么呢，后来一点儿也不好。大庆总是三天两头找我们喝酒，起初新婚时那种幸福散去，他开始迷茫起来。

“不知道为什么，我总觉得阿碧不是真的想跟我结婚。”

“婚都结了，人都是你的瞎想什么呢。”我安慰他道。

“心不在我这儿又有什么办法。”大庆闷头喝了口酒，“其实我从一开始就知道，她没那么喜欢我，只是因为我对她好才选择跟我在一起的。”

“那你现在还跟当初一样喜欢她吗？”我问。

“喜欢，把她当成宝，都不知道该怎么小心翼翼去呵护。”

“那就行了，只要你还爱她，就不要轻言放弃。让她离不开你，离开一天就跟死了一样难受。”

大庆走了，留下半杯酒。

后来总是能看到大庆在朋友圈里晒出的阿碧照片。

“老婆今天做了蛋糕给我吃，超好吃，好幸福。”

“我老婆永远都这么漂亮。”

“我老婆的美照，给你们洗洗眼。”

“……”

看上去过得似乎不错，我也没再问过大庆。结果半年后，大庆再次找到我，整个人蓬头垢面，胡子拉碴，人憔悴了不少，坐下后先发了会儿呆，还没等我问他，眼泪就从他脸上掉了下来。

“我们离婚了。”他一开口就哽咽了。

那些在一起的岁月就像梦里的时光，每一帧都像加了特效般不真实。大庆一会儿哭一会儿笑，断断续续才把话说清楚。

“她并不爱我，一直爱的都不是我。”这个曾经朋友圈中的开心果，谁会想到有一天他会变成这样，他捂住脸像个小孩儿一样呜呜地哭了起来。

阿碧喜欢的另有其人，就是她第一次与大庆相识那场婚礼上的新郎。她跟新娘和新郎是大学同学，也是朋友，阿碧第一次看到那个男人就喜欢上了他，可惜还没等她吐露心意自己的朋友就跟对方好了。这一好就是好多年，其间有次阿碧喝醉了向对方吐露了心意，两人维持了一段地下恋情，男人想向女友挑明他和阿碧的关系，被阿碧拦下了。

喜欢上不该喜欢的人，在朋友和情人中必须选一个。阿碧最后选择了成为朋友，但从此也把自己投向了更深的深渊。婚后男人找过阿碧几次，两人都说着要彻底了断关系，可是怎么也做不到。阿碧被这种畸形的恋情弄得快要发疯，而大庆也是这时闯进她生活的。看见大庆这家伙傻愣愣地对自己好，阿碧突然就想结婚了，想彻底割舍掉过去。于是答应了大庆的求婚，跟他领了证，却没有办婚礼的兴致，在国外度蜜月的那段时间，阿碧以为自己真的能够放下了，但感情往往比我们想象得更难取舍。

阿碧发现自己根本无法开始新的生活。无论她待在哪里，做什么事，即使和大庆在一起，心也不在他身上。很长一段时间她都快乐不起来，一个人默默躲在一个地方哭。等到大庆回来，她又已经在厨房里洗菜做饭，假装一切未曾发生。

但这世上有三件事不能隐瞒，咳嗽、贫穷和爱情。阿碧即使再怎么去强迫自己做个贤妻良母，也没办法掩藏自己不爱大庆的事实。

~3~

大庆向父母借了点儿钱，再拿出自己的存款买了辆新车，想带阿碧到处去转转。阿碧努力让自己看上去很高兴，做了便当，带了零食水果，一路上两个人一边听歌一边闲聊了很多，气氛融洽，看上去就是一对甜蜜恩爱的夫妇。但是当下了车，大庆去邻近的洗手间时，阿碧的手机却收到一条短信，这一切都开始向不可控的方向逆转了。

大庆回来的时候，阿碧已经不在了，草地上留着她丢下的便当和水果。

男人离婚了，阿碧看到这条信息后，一直压制在心底的东西一下子喷涌出来，一刻也无法再等就去到那个男人身边了。

大庆这顶绿帽子真是戴得又憋屈又可怜，跟阿碧领了离婚证从民政局出来那天，阿碧非常抱歉地抱了抱大庆，说了声“对不起”。大庆这没种的还怕阿碧担心他，立马挤出一个灿烂的笑容说：“没关系，你找到幸福就好。”

“你知道我为什么剪头发吗？”阿碧轻轻叹了口气，“不是因为夏天天气太热，而是我以为剪短了头发就能重新来过，可是办不到。所以大庆你要是难过想打我骂我都可以，千万不要用这种仪式感来逼迫自己开心和忘记，是我辜负了你，对不起。”

大庆不责怪不怨恨吗？那是不可能的。可是比起让喜欢的人伤心歉疚，大庆宁愿自己来承担所有。况且他已经得到想要的婚姻了，虽然结局并不完满。

离婚这事对大庆刺激挺大。虽然他打碎了牙齿往肚里吞，硬是没找一个朋友哭诉。一个人喝酒，一个人听伤心的情歌，一个人半夜开着车到处走。最后因为在自己主持的婚礼上放错了音乐而被开除，被炒鱿鱼那天大庆终于找到了我们这些朋友，啊哈哈地大笑，冲我们露出两颗大门牙说：“老子以后就是无业游民了！”

情深不寿就是对大庆这类人说的。抛弃他们的人早已走入幸福的殿堂，无能的人却还在哭哭啼啼。大庆那一年里胖了四十斤，是暴饮暴食加上过度饮酒造成的，好几次喝大了酒精中毒被送去医院抢救，但一出来又是一副好汉的模样，叫上兄弟们喝酒。

男人真作起来比女人可怕万倍，而且伤心的时间旷日持久。

有次在酒吧大庆又喝多了，看到一个短头发姑娘的背影特像阿碧，就摇摇晃晃地朝她走去，拍住她胳膊，当他刚“阿”了声，结果却是被撂倒在地。

姑娘叫小念，父亲是军人，她从小就跟父亲学了一套防狼术，没想到今天在大庆这儿用上了。

~4~

小念还在读大学，但穿着打扮包括说话的神态都非常成熟，没人敢相信她是95后。大庆带她来见我们的时候，我们都愣了，老牛吃嫩草吃得太嫩了点儿吧。

“我女友小念。”大庆向我们介绍道。

我们很疑惑小念为什么会喜欢上大庆，她眨了眨她刚做的睫毛，认真地告诉我们说：“他身上有种很丧的感觉，我觉得有义务来拯救他。”

果然还是太年轻。多少小姑娘爱上有故事的男人，然而有故事的男人就跟埋在土里的地雷没什么区别，你永远不知道他到底什么时候就会自爆。就算不爆炸，这一辈子也要小心翼翼在他的领土上行走。

小念三天两头来找大庆，就跟当初大庆追阿碧时一样殷勤。不过每次出现时她的装扮都偏学生气一点儿，脸上的妆容更淡一点儿。有次她剪短了头发出现，我们完全没认出来。她有些不好意思地笑笑，说大庆不喜欢她穿不符合年龄的衣服，而且似乎特别喜欢短发。

大庆借钱开了一家水吧，小念一有空就来帮忙，活脱脱已然是店老板娘的模样。

“这姑娘不错啊，等她毕业就娶了吧。”我说。

大庆点燃烟抽了口，摇摇头说：“再看看吧。”

自从经历和阿碧的感情后，大庆似乎对感情看淡了许多，一门心思扑在水吧经营上，生意越来越好，大庆把欠的钱还了，把以前的房子卖了，搬到更大的房子里住。搬家那天，小念买了一个玻璃球，里面是漂亮有生机的植物，看上去亮晶晶的闪闪发光。小念把它放在客厅进门的柜子上，让每个一到大庆家的客人都能第一眼看到。

小念围起围裙，在厨房里非常生疏地忙碌着，然后端出一盘盘乌黑发亮的东西。

“这是糖醋排骨，这是清蒸鲫鱼，这是木耳炒肉，这是……”

我们集体呵呵，这是逗我们玩吗？明明看上去都是一样的！

大庆搬回一箱酒，大家倒酒、举杯、碰杯，祝福他跟小念白头到老早生贵子，大庆呵呵傻笑不说话，倒是小念沉不住气了说：“你们别乱说了，他连‘我喜欢你’这四个字都没对我说过，什么白头到老早生贵子啊。”

我们冲大庆使眼色，然而大庆还是呵呵傻笑，举起酒杯说：“来，干了这一杯！”

我们总是为了追逐朝阳而忽略了夜晚的繁星，为了期待一朵花开而忽略了枕边的美梦，为了可望而不可即的人，耗费了一个春天又一个冬天的时光，最后还是得不到任何回应。想告诉自己放弃吧，但只要能看到他的一个笑脸就足够开心。

小念这傻姑娘，我曾经好几次偷偷看见她躲在暗地里哭，回来却都是一副笑脸，把头靠在大庆肩上，笑得云淡风轻。

~5~

你有没有拼命地喜欢过一个人？想在晴天的时候陪他去天涯海角，雨天的时候静默无言为他撑伞。大庆和小念都有拼命去爱过一个人，很可惜，却爱错了对象。爱是天时地利的迷信，没有科学可言。没有在对的时机相遇，除了报以遗憾，还能怎样。

小念毕业后准备出国念书，走之前我们办了一个离别宴给她。

大庆没有来。小念喝了很多酒，挨个喝完一圈，然后嘻嘻哈哈说了许多话，但都跟大庆无关。

“妹子，世界广阔，放弃一个离过婚的男人，还有大把大把的外国小伙子等着你。”一个朋友喝高了，煞有介事地拍住小念，“等过了三五年你再回头看，会发现一切都不算事。”

小念笑笑，没有说话。

酒喝足了，菜也吃尽兴了，人群渐渐散去。小念坐在马路边吹风醒酒，她见旁人在抽烟，抢过来猛吸了两口，然后剧烈地咳嗽起来。

她哑着嗓子黯然喃喃道：“他最终还是没有来。”

“等不到的人就别等了。等来等去，除了变老，一无所获，别听心灵鸡汤说的什么这一生要拼死爱过一个人不求回应。都是假的，爱不爱都那样，人还不是照样这么活。”我说。

“可是我不甘心。”小念说，“我那么爱他，对他那么好，为什么他就是不肯朝我走近一步。”

“这种男人还是放弃吧。”

随后，小念走了。

小念去美国后，大庆的水吧突然变得很寂寥，总觉得少了点儿什么。以前的熟客问大庆老板娘去哪儿了，大庆呵呵傻笑，说出国了，然后再补充一句，她不是老板娘。

有天晚上下大暴雨，我们几个朋友都被滞留在大庆的水吧里。大庆收拾完东西后，给我们一人做了一杯特饮，然后去抹柜台。小念送他的玻璃球被拿到了店里，放在平日大庆工作的桌上，没事的时候大庆就用布擦擦，生怕沾上一点儿灰尘。

一个打着伞的短发女生在这时冲了进来，全身湿漉漉的，脸上带着倦意说：“老板，我要一杯热奶茶。”

大庆有一瞬间的晃神，因为那女生长得太像小念，或者说像阿碧。她们都是短发，陪伴过大庆一段时间。我不知道大庆想到的是谁，但无论想起谁，都已经过去了。

我们每个人都有自己那列车，上车往世界的深处航行。过往的一切，只能被丢失在记忆里，无法回头，因为人生是一场漫长的告别。

故　事

所有的结局都写在开头

~1~

夏天从来不缺少故事发生。

李子和小郭便是其中的一对，初次见面时谁也没有料到他们之间后来会发生什么，萍水相逢的事太多，数都数不过来。一朋友跟我说，一年前相亲认识的男人最近结婚了，她当时那个惊讶，惊讶于她早已忘记了这个人的存在。回想起来，似乎都是前尘往事了。

时间的魔力在于，你曾经以为会一直念念不忘的东西，其实转身就会被生活巨大的洪流冲散。

李子是个典型宅女，除了一年出门旅游两次，其他时间基本都在距家方圆一公里的范围内活动。朋友不多，能约出来喝喝酒聊聊天的更少，小语是李子最好的闺蜜，跟李子家就隔了两条街，很近，所以两人没事都会约出来一起吃饭喝茶。那天晚上，李子本来和小语约好一起吃烧烤，李子刚一落座，就听到小语用微信对着那头说：“我和我闺蜜在楼下吃烧烤，你来不来？”

“你叫谁一起啊？”李子问。

“一个新认识的朋友，住城东那边。”

“那不是好远，打车过来也要半个小时。”

“是，不过他会过来的。”小语说，“上周五晚上我就是跟他一起吃饭的，喝了点儿酒还开了他的车，他人超好玩儿。”

“……你这一天天都是交的什么朋友。”李子叫了一打啤酒，自顾自地先喝起来。

小语眼尖，看到李子无名指上的那枚戒指，咳嗽了两声，假装云淡风轻地问李子：“还戴着这个戒指啊，不是分了吗？”

李子点点头说：“只是戴着而已，没别的意思。”

小语还想多说两句，但看李子的神情最终还是什么都没说，于是转移话题，又扯到新朋友身上。“这个人比我话还多，人也特别好玩儿，1989年的，一开始他骗我说是1996年的，我差点儿信了，长得白白净净的，待会儿可以认识认识哦。”

李子没吃晚饭，烧烤上来后就一个劲儿猛吃，把那盘烧烤吃得只剩下一点儿韭菜，结果小郭还没来。

“我吃饱了，他要是再不来我要回家了。”

李子说完话没多久，小郭就从一旁蹿了出来。是真的“蹿”，出场方式非常炫酷，李子还没反应过来，他已经在对面的小板凳上落座了。

“不好意思，让你们久等了。”小郭放下身上的背包，跟小语非常熟地聊起天，随手抽出双筷子，夹起盘子里的韭菜吃起来。

“再点点儿东西吧。”李子有些不好意思，因为这顿烧烤不是自己请。

以李子的性格，和喜欢张扬的人在一起多半只会沦为背景板，何况在这场三个人的聚会里，有两个都是话痨的情况下。

不知怎么就聊到了算命占卜上，小郭自信满满地说他会《易经》。

小语这时哈哈大笑起来说：“那你帮李子看看吧，这傻姑娘一年多来不知道算了多少次命了，钱都花了好几千了。”

李子脸一红，瞪了小语一眼，这明明是她的伤疤，怎么可以这么堂而皇之说出来。

小郭看了眼李子，说：“你最近应该有什么不顺遂的事，压力挺大。”

李子看向他，没说话。

“你感情不太顺利的样子哟。”

“是挺不顺的。”李子坦然承认，神色却异常平静，像被风吹过的湖水，却丝毫没有涟漪。

~2~

后来三个人换了个静吧，玩起了真心话大冒险。李子酒喝多了，无论问什么问题都面不改色地回答，又是她输，小郭问：“你当过第三者吗？”

李子愣了下，酒醒了大半，木愣愣地望着问这个问题的小郭。旁边的小语咳嗽了两声，想帮忙转移话题，没想到李子已经回答：“当过。”

有什么不好承认的呢，当过就是当过，并且一直到现在，那个男人都没从李子心里离开过，左手无名指的戒指是他送的，这一年多魂飞魄散地四处算命问未来也是因为他。

如果你爱过一个不该爱的人，就会真的明白绝望的力度，不等同于失望失落，是真正地把你往万丈深渊里推下的绝望。在某一刻里，李子甚至想死。

后半夜李子喝多了，直接断片，第二天醒来唯一的记忆就是抱着小郭哇哇大哭。

醉酒后真是容易失态，李子希望那些想不起来的内容里，不要有太出乎意料的成分。

小语倒是很及时地打电话给李子，问宿醉后的感受。

李子翻了个白眼说：“胃难受死了。”

“谁叫你喝那么多，到最后要不是小郭拦着你你还要继续喝，太可怕了，以后再也不带你喝酒了。”

“我有没有做什么奇怪的事啊？”李子问。

“就是哭啊，抱着人家小郭哭。”小语说，“小郭这人还不错，不过有女朋友了，所以……”

李子当然明白她的意思，况且她也压根儿没多想。萍水相逢，或许再也不会有见面的机会。

“小郭刚才问了我你的手机号码，应该会打电话给你吧。”

李子没在意，直到中午吃饭的时候手机响起，看到是一个陌生人的手机号码，才想起早上小语的话来。接通电话，小郭特有的软糯嗓音从那头传来。

“你还好吧？”开头是这么一句，小郭问李子晚上有没有空，想请她吃饭。

李子想起小语的警告，直截了当地拒绝说：“你有女朋友的，还是算了吧。”一个人可不能同时栽进同一条河流。

小郭却在那边咯咯地笑起来。“傻姑娘，你真是一朝被蛇咬十年怕井绳啊，但并不是每个人都一样。”

晚饭是在一家小酒馆里吃的。李子选的地方，店里有各种果酿，李子最爱喝青梅酒，一壶就够了，也不会喝醉。里面的小菜也都很有特色，特别下饭。小郭很喜欢这里，打趣问李子该不是以前和前男友来过吧。

李子瞪了他一眼说：“你不说话不会死人的哦。”

不过这个地方还真是以前李子跟他常来的地方。

酒过三巡，小郭的手机一直响。李子看了眼，心里有些不爽了，说：“你女朋友打来的吧，为什么不接？”

“我们已经分手了。”望着一脸讶异的李子，小郭没心没肺地笑道，“本来就不是特别合适，加上昨天遇见了你，就决心还是分手好了。”

李子呵呵道：“渣男。”

“是，我是渣男，我可没说自己是小白兔，也不会披着羊皮去骗小红帽。”

“这是在为自己正名吗？”

“不是。”小郭偏了下脑袋，“只是懒得撒谎和假装。”

或许吧，自以为是的善意，有时候可能还比不上坦荡荡的恶来让人醒悟得快。如果那个男人也懒得周旋懒得撒谎，李子也不必在其中纠缠那么久。

李子伸手抓起酒壶，给自己和小郭倒满，说：“来，喝酒吧。”

~3~

小郭说自己从小父母离异，上大学后就离开家乡去很远的地方读书，只是为了一年到头少回家几次，因为回家也没人。

毕业后，他去了很多地方，前前后后也交往过几个女朋友，但最后因为各种原因都分手了。一分手小郭就离开原来待的城市，去往另一个陌生的地方重新再来。

“这种居无定所的生活好吗？”李子不太能明白，以前她在外地待过一阵子，每次搬家都要收拾好多东西，让她特别烦心，之后她就只有一个念头，再也不想搬家了。

“你知道我的梦想是什么吗？”小郭笑笑说，“我其实没什么梦想，我爱人的梦想就是我的梦想。如果她喜欢钱，那我就努力赚钱。如果她喜欢旅游，那我就陪她游遍世界。如果她喜欢吃东西，我就去学厨艺。”

李子笑了说：“写言情小说呢，搞得这么煽情，况且为他人而活的人生是不会快乐的。”

可小郭无比认真地看着她说：“因为我想要个家。”

我们这一生都在寻找幼年缺失的东西。小时候没有得到的那颗糖，变成未来你想要从他人手里得到的爱。越缺乏什么，就会越想要什么。李子缺乏什么呢，她开始梳理人生中大大小小的事，却无奈发现，一个人缺乏的东西太多太多了，但不能从这里面来找到一个原因，来真正解释成人后所发生的一切。

“可是你跟我在一起，也并不会有家的感觉。”李子惨然一笑。

彼时认识那个男人，李子二十二岁，他比她大四岁，但看上去一副少年模样，人很有趣，说什么都让人想继续往下听。李子知道他有女朋友的，但还是一股脑儿栽了进去。交往期间，李子多次想让他跟女友分手，但都以失败告终。李子用离开作为筹码，可每次又都灰溜溜地回到他的身边。大抵那个男人身上有某种李子想要的东西，温暖的、不孤独的、让人想要长久待在他身边的东西。

李子没有父亲，从小跟母亲一起长大，但她跟母亲关系并不好，甚至显得有些冷漠。那种从小到大的孤独，不善与人为伍的性格，直到成年后都一直伴随着她。而那个男人却能很轻易地让她冲破自己的茧，和这个世界融为一体。

所以，即使后来他结婚了，也表示自己不会离婚，李子也没办法做到真正的离开。只能一次次的作，去威胁，想要从他身上看到在乎和紧张，并以此来告诉自己，他是爱她的，只是没有办法做个真正的坏人。

小郭说，他第一次见到李子的时候就觉得很心疼，好像隔着暗暗黑夜找到了同类。

~4~

后来，李子就跟小郭在一起了。也说不上到底喜不喜欢，更像是两个受伤的小兽相互依偎相互疗伤。小郭至少能因为想要和她在一起跟女友分手，而他不会，这样比较起来是不是前者更值得拥有呢?

李子和小郭每天联系的频率很少，甚至有时候可以一两天不联系。李子也说不上来，但是在小郭没有找她的那段时间她一个人也照常生活，虽然有时会想到他。

有天李子晚上在公司加班到很晚，小郭打来电话，语气里带着委屈。

“你怎么好几天都不找我啊？”

李子被这个问题问住了，她只好用忙当借口，说自己这几天一直都在加班，没有时间，回家倒头就睡。

“这么可怜，现在还在公司？”

“是啊。”

“吃饭了吗，我帮你订个外卖吧。”

“不用了，我已经吃过了。”李子说。

“你几点下班？”

“得十一二点吧。”

“下班的时候跟我说一声，我来接你。”小郭赶在李子回答前，抢先说，“不许拒绝哦。”

“不许拒绝哦”，每一个字都像糖果一样落在李子心里，然后被热水化开，竟也甜成了一片。我们始终还是想要在这个世上界被人爱着，想要被人在乎，被人小心呵护。

李子加完班给小郭打电话，才知道他已经等在楼下。他穿了一身休闲运动衣站在那，把外套帽子戴在头上，手里拿着从便利店买来的热牛奶。

“喝完牛奶就可以回家洗澡睡觉了。”小郭把打开的牛奶递给李子。

十二点的夜晚街道，除了马路上开过的车辆，几乎已经见不到行人。李子大口大口地吸着瓶子里的牛奶，突然喜欢上此时此刻，竟不自觉地哼起了歌，是尧十三的《北方女王》。

“快些打扮，快些梳妆，我们还要去四川的湖。”李子唱到这句的时候，突然一阵感伤。因为她和那个男人唯一的一次旅行，就是去四川的九寨沟看水。那里真是美啊，世上再也没有其他地方的湖比得上那里了。

“过段时间我们出去玩吧。”李子喝完最后一口牛奶，把瓶子扔进垃圾桶，“去青海湖怎么样，可以去茶卡盐湖。”

“好啊。”小郭轻快地答应。

李子笑了，张开双臂轻轻抱住他，说了声“谢谢”。

“白痴，跟我有什么谢谢好说的。”小郭回抱住她，下巴正好抵在李子头上，他顺带拍拍她的头，“你以后想去哪儿，我都陪着你。”

那一刻，李子是真的想跟小郭在一起。没那么深爱一个人就不会痛苦，她想余生就这样吧，能够找到一个人相互陪伴着就好了。

但没想到的是，仅仅一周后，那个男人却再次出现，这打破了李子之前所有的决心和幻想。

作为一个成年人，克制、平静、隐忍应该是基本标配。李子也能做到，即使心情不好的时候在面对客户时也能笑意盈盈，丝毫看不出破绽。在面对讨厌的人时，也能心平气和地与对方交谈几句。这些都不难，不是在乎的人，只给对方看到一个假面又有什么关系。但是，总有那么一个人，会打破你所有的平静，让你悉心稳固起来的堡垒全部崩塌。

对李子来说，那个男人就是这样的存在。

他决定离婚了，跟妻子说了关于他俩的事，决定下周一就去民政局办理手续。

李子听到这些的时候，眼睛瞪得圆鼓鼓的，不敢相信地看着他。

“我没办法不跟你在一起。”他说。

李子吸了口气，说：“让我想想。”

~5~

第二天，李子照常七点半起床，八点十五出门，走十分钟的路程到公司。一切井然有序，按部就班。只是小郭发来的信息，她没有再回。

吃完午饭，李子才开始后知后觉地突然觉得有些开心。虽然她对离婚这个词仍然感到遥远，但是这意味着她可以和他正大光明地走在大街上，可以在餐厅肆无忌惮地喂彼此吃东西，可以住在一起，可以一起养一条狗。这些关于未来的幻想让李子惴惴不安，是那种差生突然拿到一张满分试卷的不安，生怕一切只是一场梦，或者老师突然叫住她说：“李子，你拿错试卷了。”

这样的不安和开心相互在心里冲击，以至于让她忘记了自己跟小郭的关系。而小郭呢，已经在李子的不回应中发现了端倪。

但李子等来的不是他离婚的消息，而是没法离婚的结果。

他发来很长的短信，说明无法离婚的种种原因，并表达愧疚。李子看着手机愣了很久，那些关于未来闪亮的片段又再次从脑海里调出来，然而终究像阳光下的肥皂泡一样又一一破灭掉。

不甘心是有的，她从来都只是扮演被选择的角色，命运被握在其他人手里，人为刀俎，我为鱼肉。

李子问他可以再见最后一次吗。

他说好。

见面的地点在他们过去常去的那家酒馆，他早到一会儿，已经点了李子喜欢吃的菜，还有她最爱喝的米酒。小郭发来的信息已经超过十条，但李子一直没有回复。

其实根本不知道说什么，李子坐下就开始喝酒吃东西，他陪着她，不说话。这时李子手机响了，是小郭打来的。

李子看了眼他，拿着手机去外面接了。

“你在哪里，怎么不回我信息？”小郭问。

李子顿了顿，并不想骗他，于是实话实说：“我跟他在一起，他来找我了。”

手机那头出现一阵静默，李子好像听到他轻微的叹息声：“我猜到一点儿，没想到是真的。”

“对不起。”

“没什么，你开心最重要，做你自己想做的，努力去争取，加油。”

“谢谢。”

两人的对话到此为止。

李子擦了擦眼睛，又重新回到酒馆。

那天李子和他并没发生什么，事情已经有了结果，她已经不想再去挽留或者挽回了，她觉得好累，这或许也是一种解脱，她知道她要真正地离开他了。

再后来，和小语的一次聊天中，李子从她那里听到一些小郭的消息。他辞职离开这里了，走之前找小语吃了顿饭，说了很多话，关于李子，他说“其实我也不知道喜不喜欢她，只是跟她在一起很舒服，好像看到了曾经的自己，很想要给她很多很多东西，让她快乐”。

城市里永远不乏光鲜亮丽又趣味横生的故事，关于夏天的故事讲也讲不完，李子和小郭的故事只是很小的一个。成人世界里的感情，永远不会是非黑即白的，但我希望每个人都能如酒一样烈，同茶一般温柔。错过一些，失去一些，仍然光明向前，明白诸事皆如大梦一场，却心有善意和美好，一直奔跑下去。

你知道所有故事的结局，还是微笑着一一经历。

岁月有时尽，愿我们不知老为何物

Chapter 3

恋爱

毕业

少年

栀子花

花裙子

恋　爱

在这个流行背叛和分开的时代里，还请多指教

~1~

大概物以类聚，我们这几个人中，没一个感情有好结果的。

还记得去年夏天，我跟无业游民S最喜欢去的地方是她家附近的一个公园。大晚上的，乌漆墨黑，两个人找个长椅坐下，掏出黄鹤楼、爱喜、中南海，一字摆开，我们抽假烟，一根接一根，不吸到肺里，以此来打发时间。

当时S发明了一种叫“我想你猜”的游戏，就是一个人脑里想着身边的某人，然后另一个人猜她想的是谁。一

般人肯定觉得这游戏没得玩，但我们每次都能猜中对方所想。S 除了王源，还能想的就是那个人了。很无聊的游戏，我们却乐此不疲地玩了一遍又一遍。

我叫那个人阴郁男，我从没见过他，有次 S 和他吃饭想让我去见见他，可是阴郁男不同意，说只想单独跟她待在一起。我心想什么玩意儿，爱见不见。加之他是天蝎座，性格外冷，内里热不热就不清楚了，反正 S 身边的朋友都非常反对他们在一起。而我是唯一一直知道他们在一起的人。

阴郁男有个交往三年的女朋友，准备年底结婚。S 说没关系，反正只要能和他在一起就好了，那么喜欢谈恋爱的人，反正也没想到要个永远，只是想陪喜欢的人走一段路程。

可是爱情这东西，就是不长眼睛啊，一不小心就陷了进去。S 跟阴郁男分分合合几次，对方越是冷淡 S 越是想要得到。不甘心，是人人都会有的心情，S 在一次次撞向南墙的同时终于明白这样荒唐度日太蠢。有天她找到我，一脸严肃地说跟阴郁男约好五个月之后再见面，不想再思考他们之间的问题，她要安心准备司法考试，要做律师，要努力生活。如果这五个月能忘掉他最好，忘不掉就到时再说。

我答应着，终于忍不住，提出要不去挖墙脚吧，反正还没结婚，公平竞争。

S 却认真说："不可以，我不能这么做。不拆散他们是我的底线。"

"你道德底线还挺高。"

S 翻白眼道："当然。"

我问S喜欢阴郁男什么，她一派天真地看向我说："喜欢他的模样，喜欢他冷冷地跟全世界不熟唯有我是他最信赖的人的感觉。"

可我实在看不出阴郁男有哪里好。他不准她在周末和晚上联系他，有事只能等到白天说，去找她的时间也是阴郁男定。有次S和我吃饭，大概是忍不住了，让我用手机打电话过去，她偷偷听着他声音就好。

别问我为什么不劝S，感情这东西要是真能劝动，世上就不会有那么多痴男怨女了，情感鸡汤也不会养活一大批没谈过恋爱只会纸上谈兵的作者。我觉得朋友是，如果他有天做尽坏事，我可以成为那个永远是他后盾的人，相信他庇护他。

还没到五个月之约，S却找到了我，说和阴郁男见面了，并且她做了一个决定，她想努力去争取一次机会，向阴郁男摊牌。

"他明天要来我家里，我准备跟他说。"S让我帮她想办法，把自己跟他女朋友的优势一一比较，然后紧张地问我，"至少他跟我在一起，物质方面会比对方好很多吧。"

我嗯嗯点头，只觉得心疼。S也清楚了吧，只有在无能为力的时候，才想要用钱去留住一个人。

~2~

跟阴郁男在一起的那段时间，S像吹气球一样胖起来。隔个一两周去见她，妈呀，怎么又胖了一圈！她不再热衷于买衣服和化妆品打扮自己，每天灰头灰脸的，只有去见阴郁男的时候，才会拾掇自己。重度情伤患者S，开始了自我放逐之旅。而我非常不幸地成了这个见证人，凌晨四五点被她的电话吵醒，大晚上发信息告诉我她在喝酒，然后呜呜哭起来。在这个流行长大的年代，S 就像是永远停留在青春期的叛逆少女。说起矫情话来，也是劲儿劲儿的。作天作地作自己，她说："我觉得我很难再喜欢上一个人了，爱情婚姻这东西也不过如此。"丧气话说了一摞又一摞，最后一个人蹲在街边红了眼眶。

我喜欢 S，大概是因为我们身上有相似的地方。我们喜欢谈恋爱，可总也谈不好。我们喜欢钱，但没赚到多少钱。对，就是那种欲望很多能力不足的女生。最讨厌心灵鸡汤爱情语录，这种东西我们自己可以打批发写一堆，谁有心情去看。我们永远处在今朝有酒今朝醉的状态，今天如果还有爱人，那就尽兴，没有了，也没什么。我们喜欢西部片里那种一手拿枪一手拿烟模样很帅气的女孩儿，即使自己伤心得一塌糊涂，在人前仍是一脸云淡风轻，"哦"一声，仿佛再也想不起来的样子。你说那个人啊，我不记得了。又酷又冷。

后来 S 当然没跟阴郁男在一起，和阴郁男分开后的几个月时间，他又出轨别人了，还被未婚妻发现，取消了婚礼。阴郁男也离开了重庆，去了成都。有次 S 发了一张阴郁男的照片过来，我吓了一大跳，问她什么情况。

她说："我们在一起了。"

"What！？"

"哈哈，开玩笑，怎么可能。"

原来是阴郁男给她发的，说自己在成都一切都好，让她安心考试，找个男生谈个正常的恋爱，不要再爱上他这种渣男。

S说：“当然。”

没有什么过不去的，青春就是不认账，包括我没爱过你这件事。

~3~

好了，啰唆了半天，还没扯到这篇故事真正的男主。S称现在的男友为徐老师，对方不是老师，只是重庆人都喜欢“老师、老师”这么喊，在这个语义里就是韩国女生喊“欧巴”的意思。

徐老师说记得要把他写得风流倜傥人见人爱，S说来不及了，因为她已经把他的糗事都说完了，挽回不了光辉形象了。

很多时候我们想要表明自己很好很优秀的时候，不过是想去证明自己是值得你爱的。写这篇文章的时候，S说徐老师说他们之间的爱情没有完结篇，这甜蜜秀得我有点儿哽。那好，等你们孩子出来，我给他写个早恋题材。

S和徐老师认识五年，这五年里两个人除了在游戏里，现实生活中没有丝毫交集。看最近很火的那部叫《微微一笑很倾城》的电视剧了吗，男女主角因为玩《倩女幽魂》而相识相爱。S和徐老师也是玩这款游戏认识的。当时徐老师有女朋友，他女朋友也玩这游戏，S还跟他女友闹过矛盾，徐老师当时也没预料到几年后的事情，居然还维护女友，把S说了一顿。当时S那个气啊，转身跟游戏里另一个女生说，老子最讨厌这种重色轻友的人了。

徐老师知道S过去和阴郁男的事，倒没觉得什么，对S最初的印象是觉得这女孩儿怎么这么咋呼，话太多，对她的印象不算太好。直到几个月前徐老师跑到重庆来玩，去学校找S吃饭，两个人才有了五年来第一次见面。之后，徐老师就开始追S。S说她不喜欢胖子，徐老师回去后就减肥，一下瘦了十多斤。S抱怨耳机又坏了，徐老师就给她买了一箱耳机送过来。S对他冷淡，他就热脸去贴。

“没事啊，反正以后你都会是我老婆。”

S翻白眼。

徐老师对S说要是早知道几年后会这么爱你，真后悔早几年蹉跎的那些时间。

对徐老师来说，S是捧在手心害怕碎掉的琉璃，是山间的清风明月，嗯，反正就是那种很珍贵的东西，原谅作者想不出好的形容词。

S去合肥玩，徐老师开车不小心把别人车追尾了。徐老师提出私了，给三百。对方车主是个女的，气势汹汹，得理不饶人，说自己赶时间，给四百私了。车里的S坐不住了，下车就开始对那女的说：“你不是赶时间吗，还在这里扯什么扯，给你三百赶你的时间去！”

事后，车主的弟弟打电话来道歉，说那天确实有事，车主的哥哥在医院做手术，所以心情不好。S呵呵一笑。

徐老师一脸笑意地看着S，说：“我老婆真善良，要一般人肯定咒骂他的。”

听到这段的时候，我的三观……有点儿崩坏。

S抽烟的时候，徐老师就陪她抽。两个人把房间里搞得乌烟瘴气，却从没觉得哪里不妥。

大概爱一个人，就是你做什么，我都心甘情愿陪你做。我才不要什么花前月下、活到百岁的爱情，而是你抽烟我点火，你喝酒我奉陪，你说要去冒险，我不问缘由带上行囊，你我都本非善类，永远有敢于对抗这个世界藐视一切约定俗成的勇气。

~4~

在合肥的那几天，S感冒了，吃不惯那边的食物，瘦了好几斤，每天还要打吊瓶，只有楼下的沙汤S不排斥。徐老师就每天一大早去等它开门，然后买回来给S吃。S回重庆前，徐老师千叮咛万嘱咐，回来不准再掉一斤肉。

“你知道吗，我从来没想到有一天我会喜欢一个胖子。”话说出口后S又觉得不对，“他现在已经不是胖子了，反正就完全没有料到我会喜欢他。”

是啊，S喜欢瘦子，喜欢重庆男生，从未想过要去其他地方生活。可是因为徐老师，她觉得一切都可以了。

一起逛夜市，S会突然对徐老师说“背我”，然后徐老师就立马蹲下，做了个让她上去的手势，S像小孩子一样高兴地俯冲上去，就跟小时候趴在爸爸背上的感觉一样。可能在很多人眼里这就是所谓的宠溺，S却觉得，这只是一种生活情趣，折磨人的……一种情趣。

知道S喜欢王源，徐老师便把微信朋友圈的背景换成王源的照片。他说，既然不能代替王源，就把背景设置成他，让S忍不住想去找他。

S去徐老师家吃饭，他父母都很热情，尤其是母亲，一个劲儿地给S夹菜，刚好S又生病没胃口，可是第一次见面不好意思说不吃吧。这个时候，S看到徐老师冲他母亲瞪了一下眼睛，他母亲瞬间明了，笑着对S说随便吃，吃不完也没关系。他总是能设身处地地为S着想，不露声色地化解她的尴尬。

徐老师在其他人面前永远都是一副成熟稳重的样子，只有在S面前会跟小孩子一样撒娇。听说过去徐老师曾是校园篮球队风云人物，虽然有点儿难以想象胖子打篮球的场景，但他确实很爱打篮球。S说她见过他打篮球，一个褪尽铅华的灵活的胖子，现在打篮球依然可以solo（独秀）。在那款游戏里，徐老师是除了人民币玩家之外最牛的大神级玩家之一。徐老师说，工作以前，篮球第一，游戏第二。篮球是他唯一的热爱。

S问现在呢?

“是你啊。”

我们这一生会遇到很多人，一些人没缘分，一些人没结果，一些人爱错了，但都没关系，因为总有一天你会遇到那个不再让你受委屈、愿为你的快乐悲伤全买单的人。他走了很远的路，终于来到你身边，抖落满身尘埃，说一句：“对不起，我来晚了。”

“可是没关系，只要最后是你就好。”

也因为这个人，我们最终都能原谅那个曾经没能在爱里拥有的自己。

徐老师问：“什么情况下你不会再喜欢我？”

S想也没想说：“你没钱的时候我就不喜欢你了。”

徐老师一脸苦恼地说：“啊，那这个有点儿难。”

“滚。”

~5~

就写到这里了，无论最后 S 和徐老师的结局是什么，我觉得都不重要了。作为一个热爱悲剧结尾的作者，才不会对你们说什么要白头到老永远幸福这种俗气的话。

我只希望，当某一天你们回忆起这一生的起伏与失落，勇气和遗憾，你们都是彼此生命里绕不开的那个坐标。是喝醉酒深夜里的叹息，一个人面对生活时的温暖，大梦初醒时刻第一个想起的人，是一生的羁绊和心结。如果将来有一天分开，只要想到曾经好好爱过，无论遭遇什么都能彼此祝福，仍能够温柔地面对日常琐碎。

在这个流行背叛和分开的时代里，还请多指教。

毕　业

我只是你世界的过客

~1~

奚水水以前不是这样的。

她一身名牌，化着精致妆容，搞笑段子信手拈来。坐在沙发上喝着香槟的奚水水在六年前还只是个戴着黑框眼镜，留着齐耳短发的学生妹。从第一天在学校见到她的时候，我就不太喜欢她。因为这样的女孩儿太多了，乖乖牌，从小听大人的话，家境优渥，一副什么事都不能担的样子，实在没什么意思。我想余继昊第一眼见到她时也是这样的想法。

不过现在的余继昊也不是过去的余继昊了。

奚水水是顶着“文科状元”的头衔进学校的，听说语文作文满分，院领导的演讲稿都是她来负责撰写。余继昊那时也不差，仗着自己长的一张漂亮脸蛋，得到学姐们的各种有利资源，在学校混得风生水起，但说出来谁也不信的一件事是，余继昊竟然从来没有谈过恋爱。

“没谈过恋爱的人居然能在女生堆里混得这么开？”

面对大家的质疑，余继昊云淡风轻道：“全靠天赋，天生招女人喜欢，没有办法。”

这样的两个人，很难想象他们组合在一起会怎样。余继昊的吊儿郎当和孩子气，可以让任何一个成熟的女人都发疯，何况奚水水。

两个人的唯一交集点就是社团。登山社，其实就是一个以吃喝玩乐为主的社团。每次组织登山，能真正登到山顶的人屈指可数，大多数人到了半山腰就放弃了，然后自拍的自拍，聊天的聊天，差不多到了时间就坐缆车下山。那一次，登上山顶的除了社长外，就只有奚水水和余继昊了。他们累得半死，坐在地上大口地喘气，余继昊水壶里没水了，是奚水水分给了他一半，那一半也只剩下几口，两个人都舍不得一口气全部喝光，小口小口地嘬，然后坐在大石头上望着山下的风景闲聊。

奚水水丰富的天文地理知识让一旁的余继昊听得咋舌，见惯了漂亮有趣的女生，余继昊却还没遇到过这样一个可以类似百科全书的女孩儿。余继昊问她要了电话，说下次还一起来爬山。

奚水水说：“好啊。”

奚水水就是这样加入我们这群人当中的，作为一群学渣，奚水水简直就像一个天使落进了我们当中。每次出去玩，她都能用惊人的知识储备让我们的插科打诨瞬间无处开口。奚水水长得其实蛮好看，只是没怎么打扮，她身上穿的衣服都是质感非常好的品牌，看得出她家境优渥，谈吐举止可以看出从小就受到良好的教育，不是那种暴发户家出来的孩子。奚水水性格温和稳定，即使玩到兴致上也不会像我们一样乱扔东西加大嗓门。余继昊永远都是一群人里玩得最疯的人，奚水水每次都负责默默帮他善后。我想从一开始奚水水就喜欢余继昊，一个人可以隐瞒很多东西，但喜欢一个人这事却很难隐瞒。

那天我们一起吃完饭，本来打算去唱歌，奚水水说自己肚子疼先回学校，于是送她回去的这个任务就落在了余继昊身上，再之后他们就在一起了。问起那天晚上发生了什么，余继昊只是不好意思地说："嗯，就是突然都表明了心意然后就在一起了。"奚水水倒是很大方承认是她表的白，那一刻我们就知道奚水水的情商跟她的智商一样高了，她不是那种看上去没脑子的女孩儿。能在一大群漂亮有身材的女生中突围，拿到余继昊这个香饽饽，光靠什么缘分之类扯淡的东西是不可能的。

~2~

奚水水和余继昊在一起后，很多人都不看好他们，两个完全不同的人一开始可以凭借差异相互吸引，但想要长期相处下去矛盾是不可避免的，但余继昊不厌其烦地在他的各个社交账号上秀恩爱。喜欢就是喜欢，管你们怎么看呢，这就是余继昊的态度。

两人一起去海洋馆，奚水水可以充当海洋馆工作人员向余继昊介绍各种鱼类。两人去游乐场，奚水水怕高，但在余继昊的劝说下人生第一次坐了过山车，下来后蹲在垃圾桶旁吐了个昏天暗地。两个截然不同的人互相适应起来充满了惊喜和刺激，奚水水带给余继昊过去从未体验过的东西，而余继昊为奚水水打开了这个世界。

新学期开学，奚水水去做了近视眼手术，头发留长了些，摘下眼镜的她看上去比过去清秀了许多。大家都说奚水水看上去更漂亮了，走在余继昊身旁再也不会只被人当成是他的“朋友”。但这种相貌上的相配，只是做给外人看的。在最初的激情渐渐消退后，余继昊身边的花花草草又开始出现了。有天晚上，奚水水找到我让我跟她一起去找余继昊。当时是晚上十一点多，她说怎么也打不通余继昊的手机，宿舍的人说他也不在学校。这些当然只是奚水水的借口，她知道余继昊在哪里，带着我准确无误地去到地点之后，在一家 KTV 包房里找到了余继昊。余继昊醉生梦死地躺在沙发上，喝多了酒脸色潮红，一个女生凑过去听他说话，两人的距离相差几厘米，快要抱在一起了。奚水水倒是很镇定，走过去拉开那个女生，再一把拽起余继昊，找了杯水灌他喝下。一系列动作行云流水，利落干脆，最后我跟她一起把余继昊扶出来坐上车。

后来，我只要回想到当时奚水水的表情，那种坚毅的、不容退却的模样，就会联想到很多形象。一棵在水里倒长的树，以溺水的姿态生长着。

我想在那些没有安全感的日子里，她找到我，只是想让自己看上去没那么单薄和无助吧，少些狼狈和不堪，倒不是真的需要我做什么。就像中学时女生手牵手一起上厕所，不是一个人不可以，而是这样显得不那么孤单。

~3~

以前奚水水的梦想是当科学家，没开玩笑，她一本正经跟我说的。读书要读到博士才算结束，她说她喜欢校园生活，也喜欢一个人待在研究室里钻研一件事，其他什么都不用想。我觉得这个梦想很伟大，至少在我们这群人当中，因为很多人不是混吃等死，就是浑浑噩噩虚度人生，梦想这种东西在二十几岁的时候就烟消云散了，何况奚水水的梦想这么酷。可是后来奚水水大学毕业后连研究生都没读，马不停蹄地进入了社会。

她觉得，只有这样才能够离余继昊更近一点儿。

余继昊毕业后按部就班地按照家里给他规划的未来走下去，“忙啊忙”成了挂在他嘴上的口头禅，有时候一个星期奚水水都见不到他人影。其实用脚趾也能想出余继昊每天都在过着什么样的生活，他跟奚水水不一样，也跟我们不一样，在我们还需要为前程发愁的时候，他已经拥有别人需要奋斗一辈子也得不来的人生。

处在这样的环境下，余继昊可以轻而易举地得到自己想要的。对于奚水水他不是不爱，而是外界的东西不断拉扯着他。两个人的世界之间形成了一道巨大的鸿沟，奚水水站在鸿沟的对岸，拼命想要搭座桥过去，可是太难。

奚水水和余继昊之间也分分合合过好几次。分手后余继昊在社交账号上转发各种爱情语录和心灵鸡汤，看得我们直反胃，奚水水倒是一点儿动静也没有，只是过个一两周见她，整个人瘦得只剩骨头了，分开对他们谁来说都是灾难。

分开最长的那次，余继昊一个人跑去了国外，谁也联系不上他，社交账号也全部停更。奚水水在那段时间陷入前二十几年里最黑暗的时期，得了红疮狼斑，不肯出门，辞掉工作，每天待在家里。在奚水水最需要人陪伴的时刻，余继昊通通缺席。大概过了半年，余继昊晒了一身小麦色皮肤回国，才听说奚水水的事情，当时奚水水的病已经好了，没留下任何后遗症，跟几个朋友合伙开了一家工作室。那阵子她吃素，穿亲肤的棉布材质衣服，素面朝天，倒真有点儿看破一切的意味。奚水水这么聪明的女孩儿，面对余继昊时却持续犯蠢，明知道在一起会痛苦，可还是要去吃苦。

大抵是为了弥补奚水水，刚和好的时候，余继昊拼了命地对她好。带她去最贵的商场替她刷掉一张张卡，推掉所有应酬和朋友的邀约，每天都跟奚水水黏在一起。去她的工作室待着，见她忙就安静地坐在一旁做自己的事情。到了午饭的点，就打电话订好外卖，请工作室所有的人吃。晚饭叫上大家一起去酒馆喝酒，帮要加班的人订好消夜，余继昊把奚水水身边所有人都照顾得井井有条，一如过去奚水水对他那样。

后来奚水水回忆起这段日子，她笑着说就像回光返照一样，一段爱情濒死前最后的一段美好光景。

奚水水说，据调查和初恋结婚的概率是百分之一，我凭什么就会觉得我是百里挑一的那个人?

是啊，用科学理论来分析爱情，似乎它什么都不是，不过是多巴胺和荷尔蒙共同作用的结果。一般初恋都不会成功，所以要抱着好聚好散的心态，把它放在记忆里当成过去的吉光片羽就足够了。

可是，好不甘心。

奚水水说她好不甘心。

她陪他走了那么远的路，整整八年，教会他成长的人明明是她，为什么要放手给他碧海蓝天？但这条路的尽头，除了回忆也什么都不剩了。

~4~

奚水水想到多年前毕业的那个夏天，燥热的天气让穿上学士服的她流了一身汗。余继昊拿着两根快要化掉的冰棍满头大汗跑过来。两个人坐在树荫下，像两个小孩子一样舔着冰棍。

“喂。”奚水水喊了一声余继昊，“你说，我们逃得过毕业分手的魔咒吗？”

“什么鬼？”余继昊明白过来后哈哈大笑说，“你居然信这个？”

奚水水嘟了下嘴说：“就问问啊，我当然不信的。”

这时，余继昊突然抓住奚水水的手说：“就算全世界在今天毕业的人都分手了，那也跟我们无关。我们以后可还要周游世界，儿孙满堂的。”

年少时许下的诺言都带着几分与世界较劲的意味，太容易说出口的承诺，也是因为还尚未经历真正的分离。如果明白变数这个东西，我想大多数的话我们都会选择缄默吧。

分开后，奚水水不知不觉变成了另一个余继昊，学着他的嚣张跋扈和不可一世，所有人都觉得她不好亲近，谁还能想到她大学时戴着厚厚眼镜片看书的模样。奚水水彻底变成了另一个人，而余继昊也没好到哪里去。三天两头换女朋友，半夜开车撞到桥墩险些飞出去，和人吵红了眼打起架来不要命，他再也不是当初那个只是耍点儿小机灵的单纯少年。这段爱情谈得杀敌一千，自损八百。奚水水和余继昊都不再是以前的自己，他们拼命把自己往另一个极端推去，跟谁较劲过不去呢，谁都不是，过不去的是他们自己。但是他们也不可能在一起了，每一次的拥抱都像两只刺猬在互相残杀。

这样差不多过了两三年，余继昊像是突然醒悟了一样，再也不过那种生活了。开始去家里的公司上班，每天穿得人模狗样像那么回事，对人毕恭毕敬一派绅士风度的样子，晚上下班了还去健身房健身，变成了外人眼里不折不扣的精英人士。接着，余继昊说他要结婚了。

第一次看到余继昊的未婚妻，大家的下巴都要掉下来了，完全就是低配版的奚水水。文静斯文的大家闺秀，硕士在读，站在余继昊身边依偎成五月的蔷薇花。不知道奚水水看到这幕该会多伤心，伤心的不是余继昊另结新欢，而是她努力为他变成另一个模样，他最后却娶了曾经的她。

很久之后，奚水水过生日，大家彻夜狂欢，她抱着香槟坐在沙发上毫无顾忌地哈哈大笑，露出洁白整齐的牙齿。到了下半夜大家都累了，瘫在沙发上或者地上，奚水水脸上带着醉意的潮红。

见我在看她，冲我招招手，示意我过去。

“陪我聊会儿吧。”她说。

“聊什么。”

“什么都可以。”奚水水问，“听说他老婆长得挺像我，是真的吗？”

我没料到会是这个问题，一时间不知如何作答。奚水水却咯咯地笑起来说：“其实我还是想当科学家。”说完顿了顿，“我想研究出情侣吃了可以一辈子不分开的药丸。”

那一刻奚水水脸上的笑容与许多年前刚遇到余继昊时的脸庞重叠，可惜岁月无可回头，相爱的人不一定会永远在一起，除了责怪命运外我们终究无能为力。

陪你看过春天的百花秋天的月，体验过夏的凉风见过冬日的雪，一起谈笑风生，谈过心声。好遗憾，却不是那个可以陪你走到最后的人。

少　　年

你爱的少年变成了大胖子，生活的鸡血都成了狗血

~1~

方晓晓没事的时候就喜欢摸汪大树的肚子。坐在光线昏暗的电影院，拿着爆米花吃的手不知不觉就伸向了一旁汪大树的肚子，软软的一坨肉，摸到兴致上还会掐一把。

“啊，你怎么这么色！”汪大树故作尖厉的声音，假装惊恐地转头望向方晓晓，样子逗极了。

然后方晓晓用手捂住嘴咯咯地笑。

在人烟稀少的寂静的路上，走在一侧的方晓晓说着说着话突然一个九阴白骨爪又在汪大树的肚子上捏一把。被

偷袭的汪大树握住方晓晓的手腕，作势要亲她，却被对方灵活躲过，在汪大树说话前一把将他紧紧抱住，脑袋靠在他的胸口上撒娇地说道：“好爱你啊。”

关于汪大树的肚子，方晓晓总是拿他开玩笑，笑他是个大胖子，但转身又给他做许多好吃的。这是他们在一起的第十年，从高中到大学再到工作，方晓晓依然觉得长相普通的汪大树是这个世界上最好看的胖子。其实高中时候的汪大树是个名副其实的竹竿，一点儿不胖，瘦得让人动不动就想喂他点儿吃的。

方晓晓那时在隔壁班，因为个子高被老师选去篮球啦啦队，每天下午放学就换上背心短裙，手里拿两个花球去舞蹈室排练，跳得大汗淋漓。有时候篮球队那些男生训练结束得早就会偷偷趴在舞蹈室外面的窗台上看这些女同学，议论哪个长得好看，哪个身材最好。被啦啦队的女生们集体赶都赶不走，还有男生跳出来背对她们拍自己的屁股，大唱：“不走不走就是不走。”气得女生们哭笑不得，那个逗比男生就是汪大树。

汪大树是篮球队主力，一个三分球引得围观的学妹们惊叫连连。得分的汪大树摸摸自己的头发，一副深藏功与名的模样，冲围观群众挥挥手。篮球一打完就被一拥而上的人群围住。

“汪师兄，你不是答应过要请我们喝饮料吗！”

“喊了半天快请客喝水……”

汪大树被扒出钱包，里面只有二十块钱。学妹们抽走后愤愤地把汪大树花十块钱买来的钱包扔在了他的脸上。

“骗子！没钱还找我们来喊！”

“不要脸，下次再见到你，见一次扒一次钱包！”

学妹们你一言我一语，汪大树一脸无辜地说：“我只找了两个人来帮我喊，谁让你们一个班的女生都来了！”

正巧路过的方晓晓看到这一幕，鄙视地向他翻了个白眼，抱在手里的书脊背像打了块钢板，从他面前昂首挺胸走过。方晓晓一点儿也瞧不起像汪大树这种人，觉得他无赖不讲理，说话不算数，简直是男人中的极品，人类中的败类。汪大树大概也察觉到这个从身旁走过的女生身上散发出的氰利昂气息，但以汪大树的情商之低，才不会知趣地和不喜欢自己的人划清界限。他三步并作两步，箭步上前，一只手搭住方晓晓肩膀，然后说了让方晓晓一辈子都记忆犹新的一句话：“同学，你裤子后面有块血渍。”

方晓晓永远都记得那个场景，那天阳光正好，汪大树穿了一件沾了泥土的白衬衫，在太阳光底下露出他的大板牙。随即那张脸被自己一个巴掌打翻，方晓晓大吼一句：“你个神经病！”

~2~

第二次再见是在篮球比赛上，方晓晓作为啦啦队的一员，在比赛结束后老师叫上男生女生一起吃饭庆祝。那些男生鬼吼鬼叫起来，腼腆一点儿的女生直接红了脸，方晓晓看不过去，吼了句：“叫什么叫，春天还没到呢！”

“我们又没对你叫！你想太多了吧！”呛她的自然是汪大树，还做了个鬼脸故意气方晓晓。

当时，他们一伙人正在吃火锅，方晓晓趁汪大树离开座位时往他碗里搁了半碗盐，舀了点儿油弄均匀了然后装作若无其事地坐回椅子。整桌人都看到了，但没一个人吭声，继续默默烫菜吃菜逗身旁女生笑。反正谁也不嫌事多，巴不得看一场免费好戏。

果然，汪大树一回来坐下，挑了块烫好的五花肉，往碗里蘸了蘸，整块肉裹上腻腻的一层油，毫不犹豫地一口喂进嘴里。紧接着“啊”了一声，他直接弯腰吐进了一旁人的杯里。

整桌人都哈哈大笑起来，气得汪大树一拍桌子，锅里的油都晃了出来。

“是谁弄的！”汪大树扫视了在座的一圈人，最后将目光锁定在方晓晓身上。“一定是你这个毒妇干的！”

“你骂谁毒妇呢？”方晓晓这次真生气了，站起身来，拿着手里的筷子朝他一指，说：“汪大树，我早看你不顺眼了。”

“我也早看你不顺眼了！”汪大树用更大分贝的音量吼过去。

本以为方晓晓会强悍地回击，从此创下女汉子大战臭男生的一段佳话，结果没想到方晓晓怔在原地，也不知是被汪大树吓住还是怎样，久久都没动静。直到旁边坐着的女生拉了拉她的衣角，结果只听“哇”一声，方晓晓突然号啕大哭起来。

这下可把汪大树吓坏了，他堂堂一个七尺男儿，要说也真没什么好怕的，本以为眼前站着的是个母老虎，还想着除暴安良，要以暴制暴，结果对方是只小白兔，现在正呜呜呜地痛哭流涕呢。这要是被别人说出去，他以后岂不是没脸再混？

“那、那个。”汪大树抽出一张纸巾小心翼翼地递到方晓晓面前，嘴角抽搐了下，说：“对不起。”

方晓晓继续哭，后来汪大树也不记得那顿饭是怎么吃完的。只记得他被在场所有人谴责，并责罚他亲自把方晓晓送回家。方晓晓坐的那班公车已经收班，汪大树从车棚推出自己的自行车，歉疚地拍拍后车座说：“你家在哪儿？我送你回去吧。”

那晚的月亮很亮，把柏油马路照得通透发光，夏夜的虫鸣串成小曲咿咿呀呀鸣叫着。汪大树把方晓晓送到楼下，方晓晓跳下车，情绪已经平复。此时此刻的她看上去像是从复古画片里走出的人，因为月光和树影的投影让她的皮肤看上去干净得像块画布，没了平日里趾高气扬的姿态，像是安静恬美的月光仙子。

汪大树看得一愣一愣的，直到方晓晓用手把掉下来的碎发捋到耳后，冲他说了声“再见”，汪大树才后知后觉地抬起手，冲着方晓晓的背影挥了挥。

从此汪大树打开了情窦，莫名其妙地喜欢上了这个喜欢自以为是的方晓晓。

好几年后方晓晓才向汪大树道明那天自己哭的原因。不是因为汪大树冲她大声喊把她吓哭，是因为她站起身的时候从汪大树的肩膀侧面看到了一个父亲正在把烫好的菜夹进身边小女孩儿的碗里的画面。就是这一幕，让方晓晓痛哭流涕。

方晓晓抱着汪大树的胳膊，把头枕在他的肩膀上，告诉他其实自己从小就没爸爸，很小的时候父亲就和母亲离了婚，记忆里唯一的印象就是小时候父亲带着她去吃火锅，把烫好的菜总是首先夹进她的碗里。原本她以为一辈子都不会再跟父亲见面，没想到母亲突然把她带到医院去看望患了癌症的父亲。他没有多少时日了，躺在病床上的父亲奄奄一息，像是要拼尽最后一口气去拉方晓晓的手，祈求她原谅这些年他在她生命里的缺席。

方晓晓当时没有伸出手去，她还是恨他的，于是扭过头转身就跑走了。下午跟着啦啦队去给自己学校的篮球比赛加油，她好几次都差点儿跳错。尽管她已经努力地让自己不去想这件事，但还是在看到那幕在旁人眼里无关痛痒的画面时悲从中来，继而号啕大哭起来。

汪大树听完这些，把方晓晓紧紧抱在自己的怀里。他的呼吸钻入了方晓晓的衣领里，他附在她耳边说："以后我会弥补你生命里所缺席的爱。"

~3~

汪大树花了两年时间才把方晓晓追到手，而且还是仅限于名义上的"男女朋友"，连拉个小手也没有。为了讨方晓晓的欢心，原本吊儿郎当的汪大树也开始收起性子老老实实地学习，就连他家里人都不看好他能考上大学，没想到高考成绩出来那年他考了个二本。汪大树父母差点儿喜极而泣，奖给了他五千块钱让他出去旅游，散散心，把高考时的辛苦和压力全部释放出去。

汪大树拿着那五千块风风火火地去找方晓晓，却看到她和她母亲从小区推着一辆三轮车出来。方晓晓看到他，有些不好意思地笑笑，跟母亲说了几句话之后过来问他找自己有什么事？

汪大树摸了摸裤兜里的银行卡，原本想说的话都咽了回去，他的视线看向方晓晓身后。“你们要去干吗？”

“卖凉虾冰粉。”

方晓晓母亲把家里的积蓄前两年都拿去给她生父治病了，生父去世后他家里人也没把钱还回来。方晓晓母亲也没想过要钱，只是勒紧裤腰带继续生活。这次方晓晓考到外地上大学，学费、生活费都是一笔不小的数字，母亲只好把家里积了灰尘的三轮车弄出来做点儿小生意，能赚一点儿是一点儿。

“阿姨，我是方晓晓的同学。”汪大树跑过去帮方晓晓母亲推车，一本正经地说道，“以后我是要成为她老公的男人。”

高三那个暑假，汪大树每天都去帮方晓晓家卖东西，趁她们不注意的时候就从自己兜里拿出几张红色钞票放进去，两个月过去，家里给他的五千块钱也用的差不多了。方晓晓不知其中原因，还很高兴地对汪大树说，没想到卖凉虾冰粉能赚这么多钱。

“那还不是有我的功劳。”汪大树拍拍自己胸脯说，“为了答谢你男朋友，是不是该请他吃一支冰激凌。”

“不。”方晓晓笑道，“要吃两支。”

大学期间两人在同一座城市不同的学校，每周五一下课汪大树就坐两小时的公车去找方晓晓，在附近的超市买一大堆零食站在她宿舍楼前等她下课。方晓晓上大学后剪了短发，戴一个粉色或蓝色的发夹，显得特别俏皮可爱。远远看到汪大树，她就张嘴大喊他的名字。两人手挽手一起去外面吃鸡公煲，晚上方晓晓陪汪大树通宵待在网吧，汪大树说他有钱可以去住宾馆，可方晓晓抿着嘴摇头说："我可以陪你打游戏。"

汪大树读懂了她的心思，其实他根本没想那么多，只是心疼每次她都要跟着自己熬夜。

汪大树上大学的时候就没再向家里要过钱，他在网上认识了一群朋友，开始自己创业。创业第一年他就赚了八十万，当时开心疯了，觉得自己已经走上高富帅的人生赢家之路。他向方晓晓许诺说，以后要给她买一个大房子，要带她去环游世界，要和她一起养一只狗，赚到足够多的钱两个人就什么也不再做，只每天待在一起，去感受这个世界的新奇和美好。

但是当汪大树满怀希望地把这八十万投入到下个项目中，并期望从中获得更高利润的时候，因为项目问题，所有的钱全部打了水漂。看着银行卡不足三位数的余额，汪大树当时就哇哇大哭起来。

考试考砸被父亲吊起来打，他没哭过。

打篮球手受伤骨折，他没哭过。

因为和隔壁班男生打架被打得脑震荡，他没哭过。

这次他却像个丢了心爱玩具的孩子一样伤心地大哭起来。

朋友安慰他说钱乃身外之物，留不住的也别强求。

汪大树抹了一把鼻涕眼泪，沉默着没有说话。

没人不爱钱，汪大树也是。但他伤心的不是损失了这八十万，而是对方晓晓的承诺要延期了，他所做的梦还没在阳光下被熏暖，就破灭掉了。

~4~

大学毕业的第一年，两人曾分手过一年多时间。原因是汪大树太忙了。

那时方晓晓还没学会好好和自己一个人相处，幼稚不够成熟，像个青涩的苹果，让咬下去的人都觉得苦涩难挨。

“不是说好今天晚上要一起去看电影吗！”方晓晓拿着手机站在电梯门口，里面是被她生气的样子怔住的同事，她示意他们先走，自己走到无人的楼梯处。“我一下午连口水都没喝，就为了完成工作不加班和你看电影，你现在说不去就不去，玩我吗！”

电话那头传来汪大树无可奈何的叹息声。“这次真不行，下次一定补上。”

话还没说完，方晓晓已经挂断了电话。

而后一连几天方晓晓都没理他，不接道歉电话不回道歉短信，但是朋友圈照发，微博照样更新，只是跟汪大树一点儿关系都没有。那阵子又是汪大树忙得最厉害的时候，每天只睡两三个小时，人走路的时候像踩在云端，本来工作的事已经够让他心烦，过了一周见方晓晓仍没动静，他直接发了个短信过去，说“我们分手吧”。

过了一个小时，方晓晓打进电话，问他为什么要这样对她。

年轻的时候我们在爱里都不够成熟。一心只把自己的感受摆在前面，我明明为你做了那么多事，不开心了那么多次，你为什么就不能够体谅我？我们希望对方理解，却忘了理解对方。

汪大树一心扑在事业上，他说他们或许并不适合，现阶段的他并不能够给方晓晓任何东西。

方晓晓抓着电话怒气冲天道："我又没要你什么东西！叫你抽出点儿时间陪我你都没有吗！你根本就是不喜欢我了，汪大树，你是不是不喜欢我了？"说着说着方晓晓就开始哭起来。

也许是真累了，汪大树的声音微弱地在另一头响起："我们都往前看吧。"

方晓晓挂了电话，此后两人一年没有再联系。

汪大树和朋友创业，所开发的项目被麻省理工学院中国创新与创业论坛邀请去参加路演。有朋友把这个消息告诉了方晓晓，说她当时要是不那么作就守得云开见月明了。

"什么叫'守得云开见月明'？"方晓晓瞪了对方一眼，毫不客气道，"你跟一个整天只知道工作工作工作的男人在一起试试，就算他变成比尔·盖茨我也不会再和他在一起。"

有好几次朋友都想撮合他俩，可无奈俩人脾气一个比一个倔。只要听到对方也要去，另一方坚决不去参加。后来朋友也不互相再提他俩的名字，只说自己生日，爱来不来。这次两人才终于带着生日礼物来到包厢，先是方晓晓推开门的，她并没有认出汪大树来。因为这一年汪大树由于饮食不规律加上长期不运动锻炼，胖了足足二十斤。过去的衣服都不能穿了，坐在一伙人当中，方晓晓确实没能一眼把他认出来。

但方晓晓还是那么漂亮，头发长长了，发尾打理出微微的弧度，穿着品位也提高了，整个人散发出一股成熟女性的魅力。但汪大树看到她的第一眼就沉了脸，用眼神瞪向朋友，仿佛在说：“谁叫她来的？”

随后方晓晓也认出了汪大树，先是一脸惊讶，随后露出不屑的表情。汪大树见她那副模样，用脚趾头也能猜出她在想什么。肯定是看到他越长越残心里正举着小旗子手舞足蹈呢。

“你这人心里怎么这么阴暗！”

后来唱歌喝酒的时候，汪大树因为多喝了几杯不小心把心里的话给说了出来。他端着酒杯摇摇晃晃走到方晓晓面前说：“你是不是很庆幸当时离开我了，见我现在这样是不是很开心！”

方晓晓当时气得真想拿起桌上的酒瓶向他砸过去，但她还是忍住了。“在你心里我就是这样的人吗？”

没想到不知趣的汪大树继续破口大骂道：“你个毒妇，当年在我碗里放那么多盐没咸死我算我命大，我怎么会认识你这样的毒妇！”

“啪”一声，整个房间都安静了。方晓晓脸上挂着泪，又一个巴掌扇了过去。

“从此你走你的阳关道，我过我的独木桥，谁也不碍着谁！”

这下汪大树酒醒了大半，看到方晓晓离去的背影，他赶紧追了上去。

夏日的街道上，两个人你拉我扯，汪大树大声冲方晓晓说：“不，我要跟你一起走独木桥！”

“神经病！”方晓晓甩开他，继续往前走。

“你去地狱我也跟着你！”汪大树继续追过去。

方晓晓不再理他，闷头往前走。两人就这样一前一后，保持着两米左右的距离，在大街上暴走了将近一个小时。方晓晓穿着高跟鞋，最后实在走累了，就一屁股坐在路边花坛边，然后用眼睛瞟了下后面的汪大树，厉声命令他："我要喝冰冻过的可乐，快去给我买。"

然后汪大树屁颠屁颠地跑去了，过了会儿拿着可乐递给方晓晓。

"我要冰冻过的，这是常温的。"方晓晓生气道。

汪大树帮她把瓶盖打开说："你例假快来了，别喝冰的。"

"……"方晓晓愣了下，一把接过可乐，咕噜咕噜喝起来。

汪大树在她旁边的位置上坐下，看她喝水的模样，心里不禁动容。方晓晓还是跟从前一样漂亮，虽然化了精致的妆容，打扮得更加得体，但在汪大树眼里她跟从前并无变化。仍是那个高中时期带着点儿自以为是神情的方晓晓，是那个自尊心很强其实心里特别脆弱的方晓晓，是那个会在大街上突然开心抱着自己大叫的方晓晓。是他的方晓晓，但也是被自己伤害过的方晓晓。

想要重新开始的话就在嘴边，汪大树却怎么也说不出口。

~5~

后来他也找机会，汪大树邀请方晓晓一起看电影。但看电影也只是看电影，方晓晓吃着自己的爆米花，喝着自己的可乐，津津有味地盯着大屏幕，没给汪大树留下一点儿可乘之机。电影一结束，她就拍拍屁股走人。干脆利落。

但汪大树一点儿没气馁，又耐着性子等她。就像高中苦追方晓晓时一样。那时的他给她折过九百九十九只千纸鹤，虽然最后被她直接扔进了垃圾桶。他也攒钱买了高级巧克力在情人节那天送给方晓晓，虽然最后被方晓晓全部分给同班女生吃了。他也翻墙逃课去她喜欢的作家的签售会排长队，只为了得到作家的一个亲笔签名和对方晓晓的祝福。

做过那么多虽然很蠢但现在回忆起来却温馨美好的傻事，其实他并不是一心为了得到一个肯定的回复，更多的是：我想为你做这一切，因为你值得。

渐渐地，方晓晓好像没一开始那么排斥他了，但表面上依旧维持着自己的姿态。家里下水道堵了，打电话让汪大树通好，然后连杯水也不给就把他轰出去。有朋友拜托她帮忙找工作，她让汪大树帮忙，事成后非但没说一句感谢，还带着朋友去蹭了他顿饭。这样的事数不胜数，方晓晓朋友劝她说：“你这样可不行，汪大树那人本来就不是吃素的，你还这么玩他，他要是真生气死心了，我看你该怎么办？”

方晓晓翻了个白眼，咬着嘴里的冰棍，含混不清道：“是我的怎么轰也轰不走，不是我的我也不强求。”

方晓晓的这句心灵鸡汤把朋友咽得说不出话来，只能默默在心里祝她好运，从此再也不插足他俩的事了。

而汪大树这人也犟，虽然什么都肯替方晓晓做，就是耷拉不下脸说句好听的。外人看上去，就是周瑜打黄盖，一个愿打，一个愿挨。直到有天方晓晓半夜三更肚子疼，吃了止痛药也没用，在床上疼得翻来覆去打滚儿。凌晨两三点谁还醒着？方晓晓只好给汪大树打电话，他居然还在公司加班，听到方晓晓身体不舒服，立马扔了工作打车飞奔到她家里。

急性阑尾炎，医生说要是晚送半小时可能就穿孔了，到时性命堪忧啊。

汪大树望着还没从麻药中苏醒过来的方晓晓，瘫坐在椅子上松了口气。在来医院的出租车上，看着疼得脸色苍白的方晓晓，汪大树真恨不得代替她受这样的罪。

方晓晓死死抓着他的衣服，在他耳边说了这么一句话："死胖子，我要是死了，做鬼也会来找你。"

汪大树差点儿"哇"一声哭了出来。不是因为害怕，而是那一刻他才切切实实体会到，原来你最珍惜最喜欢的人真的可能随时从你身边彻底消失掉。以为年轻就可以去等、去消耗、去折腾，但生活和命运却从不给我们时间思考这些。你以为人生是一条漫长轨道，前进了，遗忘的风景还能回头再看，其实人生是一列单程列车，错过了，可能就是遗憾终生的过错。

所以，你个傻妞快点儿醒哦。不然我要把你漂亮的眉毛刮掉，我要弄坏你最喜爱的 Hello Kitty 抱枕，我要吃掉你最喜欢的芒果慕斯。

如果你要是再不醒，我就要吻你了。

~6~

方晓晓出院后搬去和汪大树一起住。汪大树租的一室两厅的套房，家居摆设都是简单的黑白色系。但方晓晓说看着怪无趣，自己买来油漆把墙面刷成了淡蓝色，把房间里挂上她喜欢的油画，被单全部换成粉色，床上摆两个跟她身高差不多的玩偶，晚上睡觉一翻身，汪大树首先摸到的不是方晓晓，而是玩偶熊。

汪大树依旧有着加不完的班，参加不完的应酬。但每次不能按时回家前都会给方晓晓发信息汇报，方晓晓虽然时常心里不爽，但她想到汪大树每天疲惫辛苦的样子，又默默忍了回去，然后自己吃饭、看剧、做面膜，把自己收拾得妥妥帖帖。

没事时方晓晓会翻开相册，看到高中时期瘦得跟猴儿似的汪大树，她就伸手去摸坐在旁边的汪大树的肚皮。

“真是男大十八变，越变越像猪。”

“那你岂不是猪媳妇。”

“切，谁是你媳妇。”她嘴上虽硬着，心里却柔软下来，像被温煦阳光融化掉的冰激凌，甘愿沉沦在这样的温度里。

一等到汪大树空闲下来，方晓晓就拽着他去逛超市。方晓晓一直觉得和喜欢的人逛超市是件非常有情调的事。买几棵蔬菜，买一斤猪肉，装在购物车里。去打折区看看有没有需要的东西，有时带回一件睡衣，有时带回两双鞋子，都是特别的小惊喜。

汪大树看见方晓晓拿着萝卜青菜一脸捡到宝的样子，忍不住调侃道：“没想到我女人这么容易满足，看来我以后就算赚不到钱也不用担心她跟别人跑了。”

方晓晓没好气地捅他肚子说：“那不行，赚不到钱还天天加班，只能跪地板了。”

其实方晓晓想说的是，因为在一起的时间很少，所以每一分每一秒都值得好好珍惜。哪怕是做别人眼里顶无趣的事，但在真心相爱的人眼里，都是最美好的时刻。

并没有好时刻的标准定义，和他在一起就是属于他们的最好时刻。

电影院里方晓晓又不安分地去摸汪大树圆滚滚的肚皮，汪大树配合地用一脸良家妇女被恶霸欺辱的神情望向她说：“你怎么可以这样？”

“就是欺负你。”方晓晓咯咯笑道，“因为喜欢你我才欺负你，要是别人我都懒得动手。”

也许在风平浪静稳定的生活里，我们只用理性的眼光去看待一份感情，所以不适合成了衡量能否在一起的天平。可是如果你嗜辣我爱清淡，我可以在每顿饭菜旁准备一碗清水。如果你爱做梦我爱清醒，我可以在你做梦的时刻为你遮风挡雨。如果你工作忙而我清闲，那么在你不在我身边的每一刻我都会好好照顾自己。

不是做不到，只是够不够爱。

汪大树，我好爱你呀。

所以我愿意放下自己的倔强和自以为是的坚强，去理解你，去适合你。

无论你是少年时期的清瘦模样，还是现在胖胖的样子，我都爱你。

也会一直一直爱着你。

汪大树任由方晓晓摸自己的肚皮，把可乐喝得呼哧作响，然后趁她不注意上前一个偷袭，在她的脸蛋上印下一个吻。这是他们之间乐此不疲的游戏。

直到汪大树突然暗叫了一声，并捂住嘴巴。方晓晓转过头来问他怎么了。

“我咬冰块不小心把牙齿咬断了一半。”

“什么？”

“完了完了，快帮我找找牙齿。”汪大树一脸痛不欲生的表情，把手里的可乐杯递给了方晓晓。

这个谎话编得实在太烂，方晓晓想看他玩什么把戏，配合他打开可乐盖子用吸管在里面扒拉他的“牙齿”。电影院里灯光太暗，加上方晓晓两百度的近视，但她居然找到了隐藏在里面的钻戒。

“你这是？”方晓晓呆了，一脸紧张地盯着汪大树。

“既然你找到了，就送你啦。”汪大树冲方晓晓一脸坏笑道，“以后我们就能合法同居了，你愿意当我的小妻子吗？”

“你是白痴吗……就不能想个聪明的求婚办法吗？不能把钻戒放在冰激凌里之类的吗，或者——”

方晓晓话还没说完，就被汪大树俯身堵上了嘴。

是啊，生活为什么会变成这样。从鸡血到狗血，永远和我们想象的有出入。身边的人也没法变成完美的那个他。时光把少年打磨成身边这个既不浪漫又不英俊的大胖子。

但，大胖子我爱你，愿意做的你小妻子。

栀　子　花

你是闻到我的人

~1~

一到夏天，许多地铁的出站口就会有老婆婆摆一个小摊，兜售着成束的栀子花。五元钱两把，芳香四溢。舒微最爱这花，每天下班若是遇到，都会买两把，回家插在花瓶里，然后整个房间都充斥着栀子花的香气。

林城建要晚上七八点才回家，穿过一条幽深的小巷子，提着两碗刚做好的冰粉“噔噔噔”地上楼来。林城建总说等有了钱就重新搬个地方，那条小巷子没有路灯又很少有人经过，他担心舒微的安全。

舒微已经做好晚饭，通常是两菜一汤。她喜滋滋接过林城建买的冰粉，打开袋子坐在小板凳上吃。她最爱吃这家的冰粉，老板加了特制的玫瑰露，让冰粉变得格外好吃。

舒微是舞蹈学院的学生，她其实没学过几年舞蹈，小时候因为身材纤长被老师看中就被拉去跳舞，劈叉、下腰，这些基本功她都是在那时候学会的。老师说她很有天赋，建议她去专门的学校学习。可是舒微知道不可能，学跳舞要花很多钱，家里经济条件不好，她还有个弟弟，于是她就自己找来跳舞的光碟，跟着视频学。中学时期，每年的校庆舒微都会去表演跳舞，那是她最开心的时候，全校所有师生的目光都集中在她一个人身上，所有的掌声和赞美都是给她的。舒微成绩一般，想要上个好大学不现实，高中班主任挺喜欢她的，建议她去艺考，到时可以加分。直到拿到舞蹈学院的录取通知书时，她的父母才知道她要上的是舞蹈学院，怎么也不同意。

“跳舞学来干吗啊，还不如去打工，学费那么贵，你弟弟快上初中了，还要一大笔钱呢。”

母亲不同意舒微去舞蹈学院学习，舒微躲在卧室里大哭了一通，最后还是父亲敲门偷偷塞钱给她说：“这是爸爸的私房钱，足够交一学期学费的，你要真想去就去，但学费得你自己赚。”

于是舒微就来到了北京，每天不仅要上专业课，业余时还要打几份零工赚钱，活得比谁都拼。林城建是她在一个开业活动上认识的，她当时做领舞，因为一天都没怎么吃过东西，舒微体力透支，跳完舞一到后台就晕了，是林城建送她去的医院，他是那个活动的负责人。

林城建没见过这样的姑娘，在舞台上跳起舞来光芒万丈的，那种劲儿不是一般姑娘能有的，怎么说呢，感觉不是在跳舞，是在拼命。

“可不是在拼命吗。”后来舒微这么说，“刚来北京的那一年时间真的是拿命在拼，做什么都必须比别人努力，每天只睡四五个小时，所有能接的活动都接，跳得肩膀痛还是得跳，因为得赚钱。”

林城建很心疼舒微，他也是从小城市来北京打工的，混了好几年混到现在，但也没什么钱，只能租个老房子给舒微住。但是舒微说她已经很幸福了，每天有冰粉吃，有人爱，已经比很多很多人都要幸福了。

~2~

和林城建在一起的第二年，舒微跟着他搬进了一个小公寓，有阳台，小区管理也很好。林城建帮忙支付舒微每年的学费，舒微只需要赚些生活费就好，有时候有剩余她就把它们存起来，给林城建买礼物。

大三的时候，舒微因为成绩优异被老师推荐去国外，据说是要去一个非常大型的节目上做伴舞。舒微听到这里，高兴得只差没蹦起来，立马打电话把消息告诉了林城建，林城建也高兴，说晚上要带舒微下馆子，庆祝庆祝。

那段时间舒微每天起早贪黑去舞蹈房练舞，不吃油腻的食物以保持身材曲线，这样辛辛苦苦训练了好几个月，最后却被告之临时换了别人。舒微当时觉得整个人都懵了，不是说好选她的吗，已经排练这么久了，怎么说换就换呢。后来舒微才知道，那节目制作人的侄女也是学跳舞的，于是就把这名额给她了。

舒微因此气得好几天都吃不下饭，林城建给她熬了浓稠的稀饭，等饭变温了拿着勺子一口口喂舒微吃下去。

“傻姑娘，你不吃饭抗议就有用吗，失去这个机会咱们还有下一个，要是不好好保重身体，即使有了机会你也没法上了是不是。”

舒微抽抽鼻子说：“我就是不服气，我都排练那么久了。”

“本事学到了是自己的，别人偷不走。”

舒微又抽抽鼻子，最后抱着林城建的脖子哇哇大哭起来。

因为失去了这个机会，舒微也失去了进入体制内的机会，只得跟其他同学一样去找工作。工作挺难找，长得好看一点儿的同学都去剧组跑龙套试戏去了，条件一般的也各有各的活法。舒微跟一家经纪公司签了约，他们帮她找可以跳舞的活儿，工资四六分，每个月下来也赚不了多少钱，正好她弟弟又要上大学了，家里母亲的电话隔三岔五打来，问舒微有没有钱，什么时候把钱寄回去。要是舒微说没钱，她又要唠唠叨叨半天，说早就说过学跳舞没用，还不如把学费寄回家，现在也有好几万了，哪里还需要愁学费之类的话。

有次活动结束，主办方说请所有的舞者去他们的庆祝酒会一起玩。舒微换好衣服跟着其他人一起去了，等去了才发现哪里是什么庆祝酒会，主办方请了品牌的赞助商来，还有各行各业的中高层，而舒微这些女生就是去陪酒的。舒微见状不好，准备立即开溜，结果被同伴拉住。

“听说喝一杯酒可以拿上千块，就只是喝喝酒没别的，你昨天不是还说缺钱吗。”

舒微听到喝一杯酒可以有这么多钱，不得不心动，于是就留了下来。那是她第一次陪酒，不善酒力的她喝了几杯后就吐了，那个陌生男人趁机占她便宜，舒微吓了一大跳，立刻推开他跑掉了。

舒微心有余悸地走在大街上，她不知道这是哪里，等了好久也没看到出租车经过。最后无助地蹲在街上号啕大哭起来，她不想给林城建打电话，太丢脸了，要是他知道自己为了赚钱连底线都不要了，一定会非常非常鄙视她吧。哭了会儿，实在别无他法，舒微只好起身沿着那条街道一直往前走。不知走了多久，看到一家肯德基店，便跑进去，现在这个时刻坐在里面的都是这个城市的“流浪者”。有刚下班不想回家的白领，有单身无处可去的女人，有刚跟家人吵完架跑出来的少年，大家待在这个有着温暖光线的地方，各自默不作声。

真想有钱啊。那一刻，舒微从心底结结实实地发出这样的感慨。

~3~

一年后，舒微跟经纪公司解约，她经朋友介绍进了电视台，专门给主持人和明星伴舞。林城建辞职了，他准备开家酒吧，他三十几岁了，也看出自己的工作前途有限，索性不干了自己做点儿生意。舒微有时候会跟他吵架，觉得他三十几岁的人为什么还不能踏踏实实一点儿，酒吧没那么好做，弄不好就会赔钱。

林城建温声细语地说让舒微放心，不会亏本，不会让她没饭吃，他会养她的。可是舒微已经等不起了，她那天莫名地发了很大的火，冲林城建大吼，质问他为什么就不能替别人好好想想，然后哭着跑出了门。

舒微其实哪里也没去，就躲在楼下的花坛边。家里刚才又给她打电话了，说弟弟要结婚办酒席，需要钱，让舒微想想办法。母亲让她回家，说有门好亲事，对方家里有两个门面，每个月光租金都花不完。舒微说她有男朋友了，母亲就大骂她眼瞎，北京那地方一般人能买得起房吗，要跟着对方住一辈子出租房？钱钱钱，这东西真是害人，可是没有钱又什么都做不了。

最后林城建还是找到了她，虽然他不知道舒微究竟为何如此生气，但他还是先道了歉。

“我错了，我错了。”他一脸的不知所措，“跟我回家吧，外面蚊子多，有什么我们回家说。”

听到这里，舒微哭得更厉害了，她抱住林城建呜呜哭道：“你为什么要对我这么好啊，为什么……”

“白痴，我对我老婆好是应该的。”

舒微永远都不会忘记那个夏天的夜晚，小区里的栀子花开了，香得沁人。回去的路上，林城建想逗她开心，还跳到花坛里面摘了几朵花，把一朵插到舒微的头发里，其他的放到她的手里，香喷喷的，弄得两个人都满身香气。

其实这样过一辈子，又何尝不好。

~4~

林城建的酒吧开业了，宣传投入很多，但生意没有预想中的好，来来去去就那几个客人。舒微有时不忙的时候会去酒吧帮忙，打扫一下卫生，抹抹桌子。有次酒吧被人包了给人庆生，那天晚上弄出很大的阵仗。香槟洒了满桌，蛋糕四处飞，舒微只想着待会儿该怎么打扫干净，大家都喝多了，开始胡乱唱歌跳舞，他们找来一个类似绣球的东西，把林城建和舒微都叫过去，一起玩击鼓传花。最后传到舒微，大家起哄喊着老板娘表演一个节目，舒微这叫刀背藏身，谁又知道她是专业舞蹈演员，直接去台上秀了一段，把在座的人都给看傻了眼。

“老板好福气啊。”有人说。

林城建听到后很不好意思地笑起来，眼睛充满爱意地看着舒微。

安佑就是在那个时候认识舒微的。

安佑是典型的富二代，天不怕地不怕，就算知道舒微有男朋友，还是照样追。追去她上班的电视台，追去她每天吃面的面馆，追到酒吧。舒微一开始明确表明了自己有男朋友，并且不会喜欢上安佑这样的男生。但知难而进才是安佑这类人的性格，舒微越是表示不喜欢他越是想试试看。

安佑知道舒微喜欢跳舞，他家里跟电视台正好有点儿关系，便让人把舒微安排成领舞。舒微后来知道这事后，说实话不是没有动容过。她一直想实现梦想，去更大的舞台，林城建虽然可以给她温暖的家，但永远不能做她飞翔的翅膀。总而言之，舒微最后跟安佑在一起了。

舒微收拾好行李离开的那一天，林建城坐在阳台上抽了一天的烟。舒微说了无数个“对不起”，林建城只是哀伤地望着她，然后小声说了句“去吧”。

舒微住进了更大的房子，但安佑并不是每天都能陪她，有时候十天半个月才出现一次。舒微都知道的，像他这类人又怎么可能把心思都放在自己身上，她不过是想从他身上拿到自己想要的，等时机成熟了或许还能回去找林建城。舒微觉得林建城这辈子除了她也不肯再跟其他女人在一起了，她有这个信心。

安佑在跳舞这方面的机会上都尽力满足她，但是随着在一起的时间越来越久，他对舒微的耐心也到了头，舒微很识趣地提出了分手。

“你是不是从来就没有喜欢过我？”安佑问舒微，“一开始跟我在一起就是想利用我吧？”

“谈不上利用，我们都是各取所需。”这时的舒微在圈子里已经小有名气，即使离开了安佑她也能很好地生活下去。

“你知道我最讨厌你哪点吗？”安佑说，“我最讨厌你这种自以为是的嘴脸了，好像全世界的人都被你看得透透彻彻，真的特别讨厌。”

舒微笑笑，不再与安佑争辩，拉着自己的行李箱就离开了。

离开安佑后，舒微第一时间想到的就是去找林城建。分开两年，她好多次经过林城建的酒吧都想进去坐一坐，可是没有勇气。但她知道他的酒吧还开着，她就心安了。至少林城建还在这个城市，没有离开。

舒微走进酒吧，现在店里生意比从前好太多了，有时候甚至没有座位，林城建请了服务员帮忙，这里怎么看都是一副生意兴隆的样子。

“小姐，请问几位？”服务员引舒微走到空位上坐下。

“请问你们老板在吗？”舒微问。

“老板今天不在。”服务员说到这里暧昧地笑了笑，“最近老板都很忙，他在准备和老板娘的婚礼，都没心思来酒吧了。”

“老板娘？”舒微吃了一惊问，“这家酒吧有老板娘了？”

“是呀是呀。”服务员头点得跟小鸡啄米似的，拿出笔和纸说，“请问小姐喝点儿什么。”

“长岛冰茶。”

“好，请稍等。”

舒微坐在座位上久久不能回过神来，而后又自嘲地笑起来。正如安佑所说，她太自以为是了，以为全世界的人都被自己看得透透彻彻，林建城他凭什么要等她呢?

可是当舒微看到桌上的玻璃瓶里插着的白色栀子花时，又不得不难过起来。原来又是夏天，可惜一切早已不是从前。

那段时间舒微正好交了一个懂周易的朋友。朋友跟她解释说什么叫命数，就是你什么都算好了，天时地利人和，可是最后还是失败，这就叫命数。舒微算好了一切，最后还是没能让结局如愿以偿，这也是命数。

花 裙 子

一百岁也要穿裙子

~1~

对于女生而言，夏天最美好的事，大概是终于可以从衣柜里拿出尘封许久的漂亮裙子，穿着它们去恋爱去约会去看世界。精致的蕾丝裙适合小女人，纯色简单的连衣裙适合大女人，茉莉偏爱花裙子，大印花爬满全身，像一只浴火重生的凤凰；小碎花细细碎碎开满裙摆，像一株生长在高原上的格桑花。

每次参加大伙的聚会，茉莉都是话最多的那个。听她说话真恨不得抓把瓜子，边磕边听，跟说书似的，把身边人的琐事通过她自己的语言串起来，就成了一个玲珑剔透的故事。朋友圈里流传一句话，哪里有茉莉，哪里就有八卦。和人待一起的时候，茉莉话很多，但大多数时候她都一个人待着，她有一间自己的工作室，每天从早到晚都待在那里做衣服。她说自己是个裁缝，面对各种漂亮布料的时候只想着要把它做成怎样的裙子，其余的都不想。那个时候，她可以好几天一句话也不说，做个安静的手艺人。

别看茉莉钟爱裙子很女人的模样，上大学时其实是个不折不扣的假小子。长年穿运动服，一年四季各种颜色各种款式的运动服她都有。她说穿成这样简单舒服，常挂在嘴边的话是“我志向高远，才不把时间浪费在穿衣打扮上”。茉莉一直作为一个传奇存在于朋友圈里。她可以四年如一日早上六点起床跑步、读书，然后吃早饭，晚上雷打不动地去自习室看书背单词。她常年穿运动服，感觉好像准备着随时方便劈个叉似的。

这样的女孩子，就是传说中的异性绝缘体，不仅没有男生喜欢她，就连跟她做朋友的欲望都没有。其实茉莉连女生朋友也甚少，寝室里的人都觉得她是个怪胎，每次大家集体相约出去吃饭唱歌，十次有九次她都拒绝，去的那一次呢，居然还拿着单词本在吃饭的时候背。跟这样的人做朋友，实在太没劲了。

可是茉莉脾气很犟，她决定的事一百辆坦克都拉不回。有一年，她跟人打赌，输了的去操场跑十圈。最后茉莉输了，对方是个男生觉得没必要想着算了，结果茉莉双手叉腰，很不服气道：“说了要跑就一定要跑。”然后风一样飞奔到操场，跑到第十圈的时候，整个人已经脸色苍白处于快休克的状态了，但还是不听旁人劝，硬是咬牙坚持走完最后半圈。

一个女人要是有了这种劲头，还有什么事情不敢做的。

所以，许半泽成了她一生的命门。

~2~

许半泽是美术学院的，年纪轻轻画的画已经在国际上拿过奖，还办过画展，他喜欢的事情也只有画画，因为长期在外写生，跟学校里的人几乎不熟，也没什么朋友，他跟茉莉这样的女生并不是一个世界的。

两人相识在一次旅途中。茉莉跟寝室的人去邻省的古镇玩，大家一路走一路拍，茉莉掉队到最后面，一个人慢吞吞地走着，结果最后寝室的人都不见了。茉莉倒不着急，也没有打电话问她们在哪儿，一个人走进一家茶馆，点了杯普洱坐着，然后拿出了英文单词本……茶馆也是一家客栈，楼上可以住宿，楼下就是喝茶吃东西的地方，楼梯是木质板结构，看上去很有些年头，只要一有人下来就会声响巨大，所以许半泽从楼上下来的时候也没例外。他抱着电脑在楼下找了个位置坐下，见人不多，便去柜台那里借了个小音箱放歌。

许半泽是这里的常客，和老板很熟，一年会来这里写生几次。音箱里放的是莫扎特的《安魂曲》，茉莉当时不知道，只是听了觉得有种说不出的异样感，她说："能麻烦不要放音乐吗？"

许半泽转头看到茉莉，捧着本四六级单词在背，随即"扑哧"一声笑了出来。

"出门玩都这么用功？你哪个学校的？"

“跟你有关系吗？”茉莉翻了个白眼说，“要放歌放首嗨点儿的嘛，这音乐听上去瘆得慌。”

“算了。”许半泽关掉音乐说，“跟不懂艺术的人没法沟通。”

“诶，你这人还真——”

眼看茉莉的犟脾气就要上来，幸亏老板适时过来阻拦道：“今天晚上广场有篝火晚会，半泽去不去啊，去的话在我这里买票。”

“不去。”

“这小姑娘呢？”老板说，“篝火晚会可好玩儿了，在我这里买可以享八折优惠。”

“去你的八折优惠。”许半泽没好气地说，“骗人也分人吧，篝火晚会都是免费去好吗。”

“干吗又拆我台子……”老板一脸哀怨，不过随即又对茉莉笑道，“今晚住我店吧，这里的篝火晚会可有意思了，不去相当于白来。”

茉莉本想拒绝，但老板那一副期待的表情实在令人无法开口，只得点点头答应了。

茉莉的室友在古镇另一家客栈住下，知道茉莉已经找到住的地方就没再多问。晚上茉莉准备睡下的时候，门被“啪啪啪”拍响，是老板和站在身后一脸不情愿的许半泽。

“姑娘，走去看篝火了。”然后就拉着茉莉也不问别人愿不愿意地往楼下走。

广场上已经开始跳起舞，老板带着茉莉和许半泽直接插进跳舞的人群，和他们手牵手跳起来。茉莉的左手拉着许半泽，两个人都觉得怪异，但过了会儿又都习惯了，不再拘束，放开玩乐起来。

许半泽不摆臭脸，整个人看上去特阳光，还会去帮烤羊肉的大叔跑腿拍照，茉莉也去帮忙，结果被许半泽脏兮兮的手糊了一脸。许半泽哈哈大笑起来，爽朗地对茉莉说："其实这样的你挺好看的，哈哈……"

如果要问茉莉到底是哪一刻喜欢上许半泽的，从脑海里拿出和他有关回忆的录像带，一帧帧看过去，大概就是这一刻吧。

谁不喜欢长得俊秀又笑容好看的男生，况且他是许半泽。

~3~

回学校后，茉莉便开始四处打听有关许半泽的事，因为许半泽朋友太少，所以根本找不到什么有价值的东西。只知道他一年在学校的时间挺少，经常四处写生，画画很厉害。茉莉把许半泽的名字输入搜索栏里，结果得出了一大堆东西。什么"天才少年画家""许半泽梦与爱画展"……似乎在网上得到的东西更多。

茉莉有许半泽的联系方式，他们学校挨得很近，一不做二不休直接约他出来吃饭。

"我不在学校，我在青岛这边参加一个活动呢。"许半泽回复道。

后来茉莉在网上搜到许半泽的微博，他每天都会更新，去了哪里做了什么事情，就像他的随身小记事本子，帮他记录每天的见闻。茉莉以前从不玩这些社交账号，但为了看许半泽的微博，她申请了一个号，并且把他过去的每一条微博都逐个看完，许半泽这个人也慢慢在她脑子里有了一个大致的轮廓。

喜欢喝摩卡咖啡，喜欢吃甜甜圈，喜欢的画家是弗里达，最讨厌猫狗之类有毛的动物，因为会过敏。在翻到更前面一点儿的时候，茉莉看到一张画，许半泽说那张画是他八岁时画的，是一条花裙子，给未来新娘准备的。稚嫩的画技，但已经充分显现出许半泽的想象力，虽然只是花裙子，但许半泽给它增加了蝴蝶的翅膀，印花图案也很别致，像某个神秘部落的图腾。茉莉把那张图保存在手机里，把“买裙子”加在了待办事项中。

一年里茉莉和许半泽的见面的次数不会超过三次，每次见面的聊天话题无非是一些好玩儿的见闻。许半泽说等毕业后会去法国留学继续深造，茉莉连连点头，然后再想想自己，虽然把每天的计划安排得满满当当，但是对于未来完全没有打算，只是在不断地考证，拿个奖学金，以为做到这样就可以了，可是对于未来茉莉一点儿想法也没有。茉莉学的是新闻学，在纸媒日渐衰落的现状里，周围的同学们都很清楚毕业即意味着失业，那些谈恋爱的同学忙着毕业结婚，那些上学就开网店的同学已经不愁生计问题，就算是混吃等死的也不至于做出太多的心里挣扎，最惨的是茉莉这类，高不成低不就，憋着一口气却不知道往哪里冲。

“半泽。”现如今的茉莉穿着一条花裙子，留着长发，她看向许半泽慢慢问出口，“你说未来我做什么好呢？”

许半泽当时正在看咖啡馆外经过的一个女孩儿，并没多想，随口说了一句：“现在爱漂亮的女孩儿这么多，做她们的生意就行了。”

毕业后茉莉进入杂志社工作了一年，用积蓄报了一家服装设计的培训班，每天跟各种布料打交道，买了一台家用的缝纫机，回到家唯一做的事就是做衣服。茉莉对色彩天生敏感，所以很容易上手，在美学和画画方面不懂的就向许半泽咨询。当时许半泽已经在法国，两人有时差，能联系到他人的时间也只有深夜。

茉莉花了整整两年时间只做这一件事，这两年她一直有兼职打零工，每天三点一线的生活，终于在最后设计并做出了第一条属于自己的裙子。

“支撑我的是许半泽。”茉莉说。

~4~

我想许半泽并非不知道茉莉喜欢他吧，只是他们之间的关系最多算朋友，好友都算不上。茉莉和他真正接触的时间加起来也没多久，其余全靠网络上的信息来堆积对这个人的了解。这样的了解是危险的，人类最厉害的武器是想象力，但把这种东西投射到爱情上后，它只会带来毁灭。

因为爱情需要真实，在看清真实后的继续追随才是健康的爱，茉莉她只是一直在跟自己谈恋爱。

“茉莉的裙妆”开在城市一个僻静的角落，因为租金廉价，环境又算尚可。店面不大，但有两层楼，茉莉把楼上作为自己的工作间，楼下则售卖她做的裙子。她并不把店当成做生意的地方，更像是朋友之间聚会的一个地儿。里面养了许多绿植，墙纸用的是非常温馨的粉蓝，沙发脚下的地毯是羊绒的，所有的细节都呈现出主人的面貌。

昔日的同学很难想到那个曾经只会背书学习常年穿运动服的女生

会变成如今这般模样，然而没有过去的那个茉莉，也不会有现在的她。因为不管是店面，还是衣着，只是一个人内在的衍生品，茉莉这么多年来其实从来没有变过。

许半泽是在“茉莉的裙妆”开张半年后才赶来道贺的。他送了茉莉一块布料，说在巴黎一个集市上买的。后来茉莉把那块布料做成了一条裙子，只有在特别的场合才会穿。比如说去看许半泽的新画展，去参加许半泽的生日会，或是跟许半泽为数不多的两个人单独约会。

“我这次回来就不走了。”许半泽拿起桌上切好的苹果咬了半块，“准备在这儿扎根。”

许半泽开了个工作室，招了几个员工，地址离茉莉的店没多远，但两人见面的次数依然很少。茉莉曾天真地以为只要许半泽哪也不去，她就有机会和许半泽在一起，可是如何让他喜欢自己呢，茉莉是真的毫无头绪。许半泽的那些女朋友茉莉是见过的，大家一起吃饭，第一次见到的女孩儿是个平面模特，特别瘦，长得虽不惊艳但细看下有种与众不同的美，许半泽跟她在一起大半年，后来女孩儿北漂去了，两人也就断了关系。第二次见的女孩儿还是个学生，学美术的，算是许半泽的学妹，文文静静的很有气质，但到底还是太年轻，对于许半泽这样的男人根本管不住，最后不欢而散。还有卖红酒的女生，年纪比许半泽大几岁的女人，这些形形色色的女人从茉莉生活里一晃而过，茉莉最后发现她们都有一个特质，那就是足够自信。那种自信的魅力不是昂首挺胸喊一句“我最棒”就行的，而是长期富足生活以及丰富的精神世界从骨子里慢慢展现出来的，毫无做作的成分，也是这样的女人才能跟许半泽势均力敌。

茉莉不行，她对爱情这东西不了解，什么都是慢慢试着去涉足，说到底她还停留在大学时期那时候的自己，无论她外在再怎么努力去够许半泽，究其内里她仍然与他不是一个世界的人。

像海豚之于飞鸟，梅花之于夏阳，流星之于永恒。

~5~

茉莉变得爱说话了，只要有人的地方就会一直说有趣的事，也不知道那些事是她编的还是从哪里听来又添油加醋地说了一遍。从前大家都不爱叫她玩，现在只要一有聚会，就会自动有人提议“诶，叫那个茉莉没，把她叫上一块吧”。有时候聚会里有许半泽，但大多数时候没有。

茉莉像只小蜜蜂一样穿梭在人群里，穿着自己做的裙子，头发挽起用一根银色的发钗别住。有次聚会上有人带了只吉娃娃，女孩子见到都一拥而上要抢着抱，只有茉莉如临大敌般说道：“怎么能带狗来呢！这里这么多人多容易传染细菌啊！”

狗的主人听茉莉这么说，不乐意了，说：“你什么意思啊，说我狗脏还是怎么的？”

最后还是经过大家的调解才把即将点燃的矛盾压了下去，不过狗主人不愿意再待下去，抱着狗气呼呼走了，而在一边的茉莉松了口气似的说：“还好没留下来。”

事后大家才反应过来，许半泽对狗毛过敏，而那天他正好要来。

有次茉莉在席间喝多了，醉意上头人安静了许多，有人逗她问怎么不说话了，她只是笑笑，等大家注意力都转移到其他地方去的时候，茉莉才喃喃了一句“因为我要时刻保持有趣，好让他跟我在一起的时候都觉得开心”。

茉莉对许半泽的喜欢一熬就是好多年，看着许半泽身边来来去去那么多人，她其实没想过最后会是自己，觉得就这么一年见几次面也挺好的，知道他一直在那里就好了。茉莉二十七岁生日的时候，接受了一个追自己追了两年的男人，订婚那天她穿着一件有蝴蝶翅膀的花裙子。许半泽推掉了当天的一个活动，带着自己新交的女友参加了茉莉的订婚宴。

许半泽把一个包得特别精美的礼盒送给茉莉说:“要一直幸福啊。”

茉莉接过去，说了声“谢谢”。

“打开看看吧。”

“可以吗？”茉莉被许半泽弄得感到好奇，把礼盒小心翼翼地拆开，里面躺着一条被叠得规规整整的裙子。很别致的印花图案，上面有小碎钻做配饰。

“这图案是我画的，然后交给巴黎一个很有名的设计师让他设计了这条裙子。”许半泽说完看了看茉莉，“你今天穿的裙子也是自己做的吗？”

茉莉笑得淡然，回答道：“是。”

“不知道为什么总觉得眼熟，像在哪里见过。”许半泽又在脑海里搜寻了一遍与这条裙子有关的记忆，但最后仍没有想起。“或许是哪天灵光一现想出来的，茉莉你不得了啊，感觉过不了几年你都可以赶超我了。”

直到最后，宾客散去，宴会结束，茉莉也没有把这条裙子的事告诉许半泽。八岁那年随口说的话，又怎么会记得。但同时茉莉又像拥有了一个独一无二的秘密一样，这个秘密只属于八岁的许半泽和茉莉两个人。她要结婚了，迈入人生的新阶段了，虽然新郎不是他。

大抵世人都觉得刻骨铭心的爱情一定要虐心，一定要爱而不得，要有过热烈的追随和撕心裂肺的割舍。其实大多数是以这样结束的，我依然爱你，像年少时一场温柔的梦，但我人生的每一天并不是为了你而开始，我有自己的梦和想要去做的事。所以，即使在旁人看来爱你爱了许多年，可这许多年里我并没有因为没和你在一起而感到消靡，即使常常因为想到你而觉得惆怅，那也是欣喜的。人生漫漫，知道你存在于世界的某个角落，是一想起就觉得欣慰的存在，就足够了。

人生是一场漫长的告别

Chapter 4

绿
黄连片
风扇
蚊香
煲剧

绿

如果你要走，那就这样吧

~1~

想抓一把流动的绿，揣进你的兜里。在被暴雨困住的夜，可以掏出一点儿，像品味余味悠长的电影，想到过去的光影，仍觉得温柔。

这是作家蟑螂在一篇小说里写的一段话。蟑螂这个十八线作者，本职是一家互联网公司的合伙人，业余时间写写小说，并靠此吸引女孩儿。毕竟现在的小女生都容易被作家、音乐人、画家这几类看似充满文艺气息的职业所吸引。蟑螂喜欢写自己身边人的故事，哪个朋友的感情不顺，他就出现在哪儿，打着陪喝酒的名义，其实就是想从对方嘴里套出写作素材。

“文艺青年都是屎。”蟑螂的朋友老全怒骂道，“你又把老子的故事写进你书里了！”

“唉呀呀，不要那么小气嘛。”蟑螂说，“等发稿费了请你喝酒。”

“喝什么酒。”

“那我叫上绿姐一起喝啊。”

老全直接把手边的抱枕朝他扔来。“滚。”

绿姐是有关老全故事的女主角，之所以叫绿姐是因为她喜欢一切绿色的东西。湖绿色的长裙，淡绿色的针织，薄荷绿的手机壳，她第一次跟着老全去见蟑螂那群朋友的时候，还没开口说话，蟑螂就直接称她为绿姐。

论审时度势，蟑螂比谁都拿手，一声“绿姐”把老全和绿姐两人都逗笑了。绿姐其实是他们年纪中最小的，可因为老全是他们中年纪最大的，那声绿姐差不多就是大嫂的意思。但那个时候绿姐只是老全的情人，老全一直没跟大家说她是自己女友，即使大家都心知肚明。为什么不说，因为老全和前妻莹莹那里还没有断干净，可是绿姐的出现又确确实实带给了他快乐。

“没事，我喜欢他，不介意这些。”绿姐咕噜噜喝下一罐汽水，“我们决定下周去旅行。”

这趟旅行绿姐盼望了很长时间。之前老全一直没空，绿姐一个人早把旅游攻略什么的都做好了，只等老全抽出时间，然后就订机票。

目的地比重庆冷很多，一下飞机两人就赶紧从行李箱里拿出厚衣服裹上，老全一手牵着绿姐一手拉行李，走出机场向路边拉客的人询问包车价格。绿姐自从上了飞机就一直兴致勃勃，以前在重庆还不觉得，因为跟老全在一起总是会担心很多。但现在在这个陌生的环境里，他们认识的只有彼此，能够依靠触碰的也只有彼此，绿姐才感觉到这段关系的安全。

旅途一切顺利，如果不是发生了那件事，可以堪称完美。

白天在景区走了一天，晚上回到酒店两人洗了澡就瘫在床上。老全很快睡着，绿姐反倒因为洗了澡精神好了些，躺在床上无所事事地玩手机，身边的老全发出均匀的呼吸声，绿姐转头本想看他，结果盯到了枕头边的手机。屏幕正好亮了一下，绿姐看到发信息的人是老全的前妻。

很早之前，老全便把绿姐的指纹录到了他手机里，只要绿姐想看他手机是完全没问题的，但她一直没这么做，她觉得每个人都应该有自己的隐私，不该擅自去偷看。但那一刻她心里的好奇战胜了一切，绿姐偷偷拿过手机，用指纹打开了手机。

绿姐把老全和莹莹的聊天记录基本都翻光了，之后整个人心神不宁起来。她先下床去了趟洗手间，回来的时候上床缩到被子里背对着老全。那一晚上，绿姐都没有睡。老全中途醒来，见她还醒着问她怎么了，她只是摇头，而他不知道她已经毫无声息地哭了一宿。

但之后的旅途，绿姐没有显露出一丝异常，也没有提及其他。直到在回来的机场，她问老全："要不我们结婚吧？"

老全有些诧异，问她好端端为什么提到这事？

绿姐一脸平静地说："如果不结婚我们就分手吧。"

"我现在还不能结婚。"

"因为前妻？"

绿姐想到他看到的那些信息，老全对莹莹的承诺，如果她不走出之前感情婚姻的阴影，那么老全也不会断然追求自己的幸福。可是那一句句的，不都代表莹莹对他的不舍吗？

下了飞机后，绿姐已不愿意跟老全多说一句话，她把他送自己的戒指取下来还给他，然后一个人气冲冲打了车甩下他离开了。

如果那就是故事结束的一刻，之后的痛苦会不会减轻一点儿。然而最终绿姐在楼下看到老全的时候，整个人就绷不住了，老全抱住她，她瞬间就原谅了所有。

"我给你时间慢慢忘掉她，没关系，我可以等。"绿姐抬起头，满脸泪水，但神情倔强，像古代侠客明知前方凶险，也要单刀赴会一般。

~2~

老全和莹莹都是彼此的初恋，当年结婚的时候还上了新闻社会版头条。因为两人临时把婚礼取消，然后在本该举办婚礼的时候出国玩了一圈，老全便在网上请大家点赞，集齐 999 个赞就去领结婚证。现在那条微博依然在，因为是热门微博绿姐每次一搜他微博就能看到。老全和莹莹的婚纱照，每看一次她都觉得刺眼，但还是忍不住去看。人啊，有时就是犯贱，明知道向前一步是伤害，也还是要去试试，不撞到南墙永远不知回头。

老全和莹莹离婚，据老全所说错全在他身上。莹莹是个特别纯粹善良的人，除了任性点儿，什么都好，对老全更是掏心掏肺地好。有一年老全做的项目亏了欠了不少钱，当时两人还没结婚，但莹莹想都没想直接拿出自己的全部存款给老全应急。老全每次一回想起那时候就特别感慨。“你说怎么会有那样的傻姑娘，她也刚毕业没多久没什么钱，省吃俭用存了几万块钱，就全部给我了，也不怕我拿了钱跑了……”莹莹确确实实为老全付出了很多，那不是一般女生可以做到的。当时离婚的时候，两人都在气头上，离婚后都开始后悔，尤其是莹莹，但又谁都堵着一口气不肯提和好的事。老全就想等着吧，等到时机成熟的时候顺其自然又可以重新开始。这一等就是两年，两个人的关系渐渐破冰，莹莹家里有什么事也会打电话给老全，有时也会一起出来吃饭逛街，只是对两人的关系谁也不去捅破。

但老全也是真心喜欢绿姐的，老全第一次见到她的时候，他说那种感觉就好像刚入学时，去了食堂，走过操场，进了趟办公室，回教室刚坐下，她在前排转身，笑没笑都没看不出，就说自己也姓李。那种感觉，不知道是不是一见钟情。

绿姐当时听到这段话直接哭了，自己喜欢的人也喜欢着自己，虽然他还没有完全割断过往,但她觉得她都可以努力地去避开那些困难。

朋友都说她傻，这么一个渣男别人遇到都赶紧绕开走，偏偏到了绿姐这她还要大刀阔斧地迎难而上。

老全对绿姐真不是玩玩，或者过渡一下，是真心喜欢。去哪儿只要能够带上绿姐的都会带上她，但老全过去那群朋友并不待见绿姐，因为大家都喜欢莹莹，十几年交情了，无论心里还是外在表现都只接受莹莹这个人，谁也不待见绿姐这个半路插进来的。所以见过一次后，绿姐再也没有出现在他们那群人里，就跟蟑螂这些老全认识一两年的人混得熟，大家彼此称兄道弟，都很喜欢绿姐。

但就是还差那么一点儿，或者说缘分不够。莹莹很快就知道了绿姐的存在，找过老全一次，据说当时莹莹很伤心，哭得很惨，一个劲儿地说“没关系，那祝你幸福”。老全当时很不忍，一直陪着莹莹，结果绿姐来了，见到那幕哪里憋得住火，直接大吵了起来，最后还是莹莹一直道歉，说“打扰了，对不起”，拉着老全和绿姐两个人的手直让他们两个和好。

看到这里是不是觉得莹莹是个心机很深的妹子？还真不是，有些人就是能够天真善良到你以为他在装，可是刚好他并没有，这就是她。一开始绿姐也觉得莹莹心机深，才会表现出那么一副人畜无害的嘴脸。但接触了几次，甚至促膝深谈后，绿姐不得不相信老全最开始的那番话了，莹莹是个非常纯粹的人。也许绿姐离了老全再过段时间依然能够过风风火火的生活，可是如果老全和莹莹就走到这里各走各路，莹莹大概要经历很长一段时间都很难走出来，或者再也很难那么死心塌地去喜欢一个人了。而这一点不仅绿姐明白，老全也非常清楚。

~3~

老全对莹莹是全然没有感情吗？那是不可能的。从初中相识，高中相恋，大学时开始同居，长达十几年的感情就算早已没有当初的激情，但是比激情更可怕的是习惯和那种深入骨髓的信任和牵挂。只要莹莹一有事情，曾经的那些朋友不管打电话也好发信息也好都会通知到老全这里，老全不可能坐视不理，而这也是他和绿姐之间最大的矛盾。

“我无法忍受你同时爱着两个人。”绿姐说，“我跟她你只能选择一个，不能以后我们结婚了她一有什么事你就跑过去帮忙吧，我们也会有自己的家庭不是吗？”

面对绿姐声嘶力竭的质问，老全不想骗她，说：“是啊，这就是我们的问题，我没法不去在乎她。”

“那你还爱她吗？”

“十几年的感情，它可能已经不是爱情，但不可能全然没感觉。”

这次后，绿姐搬出了老全家，很长一段时间都没再出现。老全找过她几次，吃了几次闭门羹后发信息希望她快乐，告诉她如果最后选择跟他断了也没关系。

绿姐失恋的那段时间，没事就去找蟑螂。也不说什么，就拉着他让他陪自己喝酒。蟑螂喝吐了几次后，再一见到绿姐时撒腿就跑。

“放过我吧，我上有老母下有表弟，禁不起折腾啊……”被绿姐逮住的蟑螂连声求饶。

“那你喝茶我喝酒吧，你不写故事吗，把我的故事写出来好了，不要稿费。”

“三角恋这么俗的梗我才不写。”

“……那就陪我喝酒。”

绿姐喝酒甚少喝醉，所以连喝醉借题撒泼的机会都没有，蟑螂也不敢跟老全说，因为听说老全可能要复婚了。这个节骨眼儿上提绿姐，不是破坏人家家庭和谐吗。

但绿姐还是从别处知道了这事。

再三考虑和斟酌后，她觉得从老全这里入手最后也是徒劳，于是就发信息给莹莹，希望能够谈谈。过了很长时间，莹莹才回复了一个“好”字。

两人约在一家中餐馆，这次见面，不知为何两人的关系有些微妙，都异常客气。莹莹落座后，绿姐立即递去菜单让她再点些自己喜欢的菜。

“有什么就说吧。”莹莹说。

绿姐本来准备了一肚子的话，想动之以情晓之以理地告诉她老全对她只是怜悯之情，她要是一直不放手只会令大家都痛苦。可是不知道为什么，那一刻她什么也说不出。

“我知道你想说什么。”莹莹说，“当时我们离婚本身就不是认真的，老全有不对，我也有。我知道他喜欢你，可是他放不下我不是吗，所以他最终选择的还是我。”

绿姐把自己手上的戒指拿给莹莹看，说：“我们很早之前就决定要结婚的，只是因为你，我们一直争吵。如果我肯做出让步，你觉得老全会选择谁呢？”

莹莹没说话，过了会儿突然笑了，说：“不如这样，我们让老全过来，让他当面选。不管他这次选择谁，另一个都主动放手不再纠缠。”

绿姐答应了。

后来老全过来，在莹莹和绿姐的对面坐下。他看了看许久没见的绿姐，又看看莹莹，露出了无可奈何的表情。

莹莹把之前的话对老全重复了一遍，让他选择，无论选择谁以后另一个都会消失在老全的生活里。

老全没说话，抓起手边的酒一直喝。

“选吧。”莹莹催促道，“就当是给我们一个解脱。”

绿姐笑了，给自己也倒了杯酒。

“你就选一个吧，我累了。”绿姐说。

老全看向莹莹：说“我们已经离婚了，不是吗？”

“可那天你答应和我复婚的。”莹莹问，“你还爱我吗？”

老全不再说话。

莹莹苦笑一声，说：“我明白了，所以我们之间十几年的感情就要这么彻底断了是不是？”

莹莹酒喝得有点儿多，趁着醉意伤心地呜呜哭起来。老全和绿姐把她扶到外面，莹莹不肯走，蹲在地上继续哭。

“对不起。”莹莹对绿姐说，“我没有说到做到，对不起……”

绿姐不忍心，伸手摸了摸她的头发，说“都会过去的”。

后来老全把莹莹送到朋友那安顿好就跟绿姐回了家，绿姐问老全这次是真的选好了吧，不会再跟莹莹有任何纠缠。

老全抱住她，说：“不会了。”

~4~

第二天老全回家，但再也没有出现在绿姐面前。他给绿姐发了信息，说自己真的没法割断过去，如果就此不再管莹莹让她自生自灭他会愧疚一生，他们也不可能过好往后的生活。

绿姐没有回他的信息，而是删掉联系人，关掉手机，那一整晚她都没睡，天亮后就立即收拾行李买了最近的航班离开了重庆。

绿姐在外面一待就是半个月，很多次晚上她一个人待在酒店的时候都会失声大哭。她想念老全，但她明白只要再跟他有任何来往都是对自己的再次伤害。

但对于老全她也没有恨意。明明有很多次机会可以选择恨他，但最后都还是忍不住通通原谅了。因为她觉得恨老全就是否定从前的自己，所以不恨了，他好好的就行。

很久后，老全和绿姐在一次聚会上偶然相遇。老全正想着要不要回避，倒是绿姐坦然地对他笑了笑。

两个人聊了一些无关痛痒的话题，后来聊到蟑螂，老全把蟑螂写他们的故事当成玩笑一样说出来。

“那天我用蟑螂的电脑,看到里面有个名为老全的文档,就打开看,他小子居然把我们的事写成了故事。他写那天喝酒的晚上，说最后我选择了莹莹，然后绿姐没有哭也没有生气，而是回以一个微笑。”老全说到这儿，顿了下，“最后写什么，很多年后绿姐会成为老全心里的一棵梧桐。梧桐是什么意思啊，白月光、朱砂痣我倒是知道什么意思，这些搞文艺的脑子里想的都是什么。”

绿姐跟着笑起来。

“然后，我在那段话后面加了个标注。我写此段不符，选的是绿姐。”老全没有再说下去。

如果当时选择什么，如果当时拥有什么，是不是一切都会变得不一样。

绿姐不再说话，过了会儿站过身说：“我酒喝多了，先走了。”

老全说“好”。

老全望着绿姐离开的方向，门外街道的霓虹开始点亮这座城市，大概有无数人在这样的时刻经历着不同的故事，而他和绿姐的也就到这里了。

他想起绿姐之前说的一句话，“如果你要走我不会留你，但只愿你能够放下过去和我好好开始，我可以原谅过往一切”。

可惜他没勇气。

爱情本身是一笔烂账，谁又算得清。或许多年后他心中的那棵梧桐会长成参天大树，它的枝干和叶子会戳破老全的心脏，令他夜夜辗转难眠，然而也都过去了。

黄　连　片

没有一粒药，能治你所有的病

~1~

“我们江湖儿女最怕矫情，既然对方要走那就走吧，帮她收拾行李叫好车，潇洒挥挥手说声再见。我强子这二十五年来对自己的唯一要求就是，凡事要酷，挽留人这事我不会。”强子说完干掉一杯白酒，抹了把脸说，“可是我现在真想屠城。”

强子这人浑身上下可能没一点儿优点，长得不帅，干瘦干瘦得像个猴子，小时候在他家附近是出了名的混世魔王，虽然发育比同龄人晚，但打起架来是不要命的那种，所以谁也不敢惹他，中学读书的时候所有老师对强子的评价都是“社会败类”，这样的人长到现在没进局子可能真是上天眷顾。但其实强子比谁都重义气。

大学宿舍加上强子一共四人，有次其他三个人在外面吃饭，不小心惹了事，眼见对方人多只有挨揍的分，是强子刚好从网吧打完游戏路过，一个人拿起玻璃瓶子往自己头上说砸就砸的狠劲吓走了他们，从此宿舍其他三人就认定强子做大哥了。

“我不做大哥好多年，我不爱冰冷的床沿……”强子在KTV里声嘶力竭地唱着，今天是他生日，朋友们给他订了个包房，买了个三层蛋糕，但大家没吃，全敷他脸上了，强子就以这副大花脸的模样在KTV里嗨着。

小林是跟着其他人一起进来的，人太多，强子根本不知道谁是谁，朋友带的朋友，朋友的朋友，乱七八糟的，小林刚在寝室洗完头，同宿舍的女生问她要不要出去唱歌，然后就来了。直到见到强子的那刻，她都还顶着那头湿漉漉的长发。

后来，强子只记得那天小林头上的洗发香波味，是淡淡的柚子气味，她穿的白色连衣裙，非常干净的气质。强子赶紧抓了个人问小林是哪个系的，叫什么名字，然后冲到洗手间洗了把脸，理了理头发之后才重新出来。

强子开了罐可乐把坐小林旁边的男生都弄走，然后自己坐了过去，把可乐往前一递：“来，喝饮料。”

小林接过饮料，有点儿不自在地往身后挪挪。

强子嘻嘻一笑说：“今天我生日，你跟哪个朋友来的？”

小林指了指正在唱歌的朋友，然后对强子说：“我不知道今天你过生日，以为就是朋友出来唱歌随便玩玩呢。”

“没事。”强子瞟了眼唱歌的女生，不认识。心里暗暗骂了句宿舍的那些室友,真是损友啊,完全是借着他生日请客的名义来泡女生嘛。

“啊，那个。”小林突然捂住嘴面露惊恐。

“怎么了？”强子一脸茫然地问。

小林指指自己的鼻子说：“你流血了。”

“靠，刚才火锅吃多了。”强子立即仰起头来。

这件事之后，强子被人嘲笑了很久，说他看到美女就上火。

小林从包里掏出一袋黄连片，就是那种黄色的清火的药片，一次吃三四片那种。强子有些不好意思地接过去，说了声谢谢。

那包黄连片强子没舍得打开，他买了个小布包，把药片放进去，当成自己的护身符。

~2~

小林跟强子完全就是两个世界里的人。要不是有特别的事，强子很少去上课，待在寝室里跟其他三个男生一起打游戏联赛，网速不好的时候即使晚上翻墙也要跑去网吧玩一通宵。但只要小林给强子发个信息，他能立马丢下所有队友跑去找小林。这样的事发生了好几次，强子的队友全部拉黑了他，让他滚，他也无所谓，不知道从哪个二手书市场搞了一大批漫画书和故事书，堆在寝室里没日没夜地看。小林说强子做什么事都有劲，除了学习，但到了临考试的关头，还是死拉硬拽地把他弄到自习室，监督他复习。

强子打着哈欠，笑得贱贱的，说着“遵命，老婆”，但看不了一会儿就又打起瞌睡来。不过期末考试强子还是能勉勉强强通过考试，不至于留级毕不了业了。

小林每年都能拿奖学金，再加上家里条件本来就不错，她便把奖学金拿出来请大家吃饭。强子的那些兄弟们，别提多开心了，每个人的嘴都跟抹了蜜似的，一口一个嫂子叫着。小林听了，淡淡地笑着，在强子身边仿佛站成一株温柔的花朵。小林喜欢给强子买衣服，每次和朋友去逛街，都会不自觉地逛到男装店，然后按着自己的喜好给强子买一堆他觉得娘里娘气的衣服,强子觉得穿上去跟个奶油小生似的，以后还怎么在朋友面前混啊，但还是架不住小林的软磨硬泡。有次强子穿了一件粉色的 T 恤跟朋友去唱歌，结果被从头笑到尾。说来也怪，自从认识小林后,强子从以前那个风风火火对人对事一股狠劲的男生，变成了一个在大家眼里经常总是做出与自己形象不符的反差萌举动。强子一边皱眉解释，一边却成为所有人眼里“正在恋爱的幸福者”。

那年寒假，强子在小林软硬兼施下，踏上了跟她回老家的高铁。

“我父母都很开明，知道我交了男朋友都想见见你呢。”

“跟我回去吧，我家乡特别多好吃的，保证不会白去。”

“明年我跟你回家，这样总行了吧？”

“……”

强子心里其实挺开心，没表面表现得那么不乐意。毕竟小林可是他此生唯一想娶的人,但他总觉得小林父母可不是只见见他那么简单。

他这人什么优点都没有，看上去又浑又欠扁，别人姑娘家的父母凭什么把宝贝女儿交给他，搞不好就是棒打鸳鸯，加上小林的性格脾性，多半最后会听父母的话把他甩掉。

于是室友们就给强子出谋划策，说其他的暂时改不了，但形象表面功夫这些还是可以做好的。强子在学校附近找了个理发店，把头发染回了黑色，把胳膊上的文身忍着痛洗掉，买了几套看上去非常“规矩纯良”的衣服，乍看上去……也算讲究吧。然后就是言谈举止，这个比较难，春风化雨的方法是不行了，只能来点儿狠的，只要强子一说脏话被室友逮着，就得一人给五块，要是跷二郎腿坐姿歪斜，还得一人给五块，以此类推，只有花钱才能长记性。强子在一天内惨失三百元大洋后，终于认识到“重新做人”的重要性了。

喜欢一个人啊，就会无条件地想要为他做很多事，哪怕偏离自己曾经的轨道也没关系，只要最后能够与那个人并行，这些又算什么呢。

~3~

坐了三个小时的高铁，强子提着大包小包都是孝敬未来岳父岳母的礼物，还同时负责看管两个行李，在高铁站的休息室等小林去洗手间时，他用手机在群里向寝室其他三人报备了一下情况，大家都替他捏了一把汗。

——坐那么久的车，快闻闻衣服上有没有汗臭。

“又没出汗，哪来的汗臭！”

——我刚在网上搜了第一次见家长要注意的事项，拿去，不谢，回来请吃饭就行。

“滚，这是女生版的。”

——哎呀呀，我就不说啥了，明天要跟我妈去寺庙烧香，我到时替你祈福。

“说得老子好像要死了一样，不就见个家长吗，我这么英俊潇洒谁还能不喜欢啊。”

看到小林出来，强子立即收起手机，恢复嘻嘻哈哈的轻松模样。

“在这再坐会儿，我爸妈待会开车来接我们。”小林坐下，掏出水喝了一大口。“强子，答应我一件事好吗？”

“咱俩还需要这么客气？”强子说，“说吧，是不是跟你父母有关。”

“他们人其实没什么，只是一直希望我毕业后可以出国，所以待会他们要是问你毕业后的打算，你就说你也准备出国。”

“我二十六个英文字母都认不全，你让我出国？”

“缓兵之计嘛。”

“纸包不住火，迟早揭穿，更难收场。”

“办法总是有的。”

强子翻个白眼说：“奇迹只存在于电视剧里。”

小林没说话了，直接给了他一拳。“反正听我的。”

小林父母都是做生意的，但从衣着谈吐看得出不是那种暴发户，很有涵养，对待强子如春风化雨，但强子也不傻，还是能从他们的询问中感到一丝丝的“杀气”。

到了晚上吃饭时，早饿得抓狂的强子一下来了劲儿，恨不得立刻扑上餐桌，用手抓起鸡腿就啃。可是一看到小林一家规规矩矩坐着，细嚼慢咽的模样，强子也只好悻悻然上桌，一小口一小口地吃完一根花椰菜……

俗话说金窝银窝不如自家的狗窝，在小林家的这几天强子终于深刻体会到了这句话的含义。他每天用手指巴巴算着日子，给家里一打电话就鼻子酸。倒不是小林家欺负他，而是那种疏离的陌生感，自来熟如强子，嘴巴甜的时候可以跟抹了蜜糖似的，但就是没法真正融入现在的环境里。

“我父母他们人就这样，你别多想。”小林剥了瓣柚子塞他嘴里说，“他们其实很喜欢你呢。”

强子嘴里的柚子不是滋味，可他什么也没说。

跟小林回学校的第一天，强子就收到她父母发来的短信。

——强子，你是个好孩子，但我们家小林不适合你。

文化人就是不一样，拒绝也讲究策略，先扬后抑，不是他不适合小林，是小林不适合他。强子笑笑，删掉短信，埋葬了这个秘密。

~4~

大四那年，强子忙着找实习工作，小林在家里的要求下准备出国的事宜，两个人因为这事几乎一见面就吵。

“你当初不是说能找到解决办法吗，办法呢？”强子质问小林。

而小林在多次的解释下已经感到疲惫。“你要么跟我一起出国，要么等我三年，但这三年里我们谁也不能预料到未来。”

未来，这个词被赋予了太多含义和使命，以至于年少单薄的肩膀总觉得担负不起。你再等等我吧，等我做完这件事就跟你在一起。你再等等我吧，等我处理好过去就跟你在一起。你再等等我吧，等我流浪归来就留在你身边哪也不去。可是我们时间有限，世事无常，我也想要等你，但最后发现命运已经将我拉向另一个轨道。放下，太难。纠缠，痛苦。强子想了想，最后做出了一个决定，他要去上雅思，跟小林一起出国。

一个英文二十六个字母都认不全的人，要开始从头学起，强子一边打工一边上课，一有空就背英文单词，整个人疯了一样，每天只睡两个小时，他高考的时候都没这么努力过。早上顶着两个红肿的眼睛站在宿舍阳台上ABC地大声朗诵，室友都忍不住揶揄道："你这小学生英文水平起码要再学三年才能考过吧。"

强子不理他们，把嗓门提高一个度，继续背单词。

不想要分离，所以拼尽全力也要试一试。即使结局就在下一秒，那么这一秒也请让我继续再努力一秒。

小林顺利出国，去了澳大利亚的一所高等学府。强子不出意料，没有考上。因为长期睡眠不足，考试前一天发高烧到三十九度，第二天还是从床上爬起来去考试。一塌糊涂，看到那个分数的时候强子红了眼眶。

"你已经尽力了，等我回来好吗？"小林抱抱强子，"至少我们还生活在同一颗星球上啊。"

这个笑话一点儿也不好笑，但强子还是努力弯起嘴角笑了笑。

小林去了澳大利亚后，两个人的联系便少了，再也不能想打电话的时候就打电话，时差不对，生活轨迹不同，连聊天的话题也开始不在同一条线上。强子想起两年前小林父母发来的那条短信，小林不适合你。不适合，一个想在天空翱翔，一个喜欢海底的深邃。一个向往冰川，一个想去四季温暖之地。不适合，可能是因为一个人没法陪你去看遍四季湖泊聆听鸟语花香，再深刻的思念最后也慢慢化作尘埃，原来喜欢真的不代表一切。

有天晚上，强子和朋友喝酒，喝多了，强子毫无预兆地开始哇哇哭了起来。

“我想去找小林。”

“人家在国外呢。”

“对，我去国外打工，陪着她。”

“有病啊，为爱牺牲不是这样的，她不是让你好好等吗？”

“等什么啊，再等我们就要分了！”强子眼睛红红的，像一只受伤的小兽。

前几天，小林和强子又爆发了一场世纪末的争吵。小林生病了，好几天都没去上课，躺在宿舍床上也没人去看她。她就给强子打电话，话没说几句就开始哭，一直哭，一个人在异国他乡大概心里憋了太多委屈，最后就直接冲强子发火，怪他不努力不上进，才害得她只能一个人待在国外。强子知道小林的心思，体谅地任她骂，结果小林直接说了句“分手”，这是强子的底线，所以两个人就吵了起来。

强子说他有种强烈的预感，如果他不出国找小林，他们一定会分开的。

“谈恋爱这么累，还不如不谈。”有人小声嘀咕了句，随后立刻捂住嘴，害怕被强子听到挨打。

结果强子接了句：“你说得有道理，挽留这人我不会，要分就分。”

江湖儿女，风花雪月，要断就断。强子一番豪言壮语，喝得吐了七八回，烂醉如泥，但第二天早上醒来，还是失魂落魄的模样，嘴里喃喃自语道：“我一定要想办法出国……”

~5~

只是出国哪有这么容易。强子既没有什么特别的技术手艺，英文又不认识几个，出国能做什么？索性强子想到了他的表哥，以前在家乡卖肉夹馍，后来机缘巧合出国，也开了家肉夹馍店，生意还不错。强子联系到他说想过去帮忙，哪怕工资低点儿，只要提供食宿，免费帮忙也行。周围的朋友都觉得强子疯了，小林知道这事后，也打电话劝他想清楚，毕竟有关他的未来。

从理性角度来讲，真是太孩子气。但从感性角度来讲，为爱奔走万里，又令人动容。在理智与感情的天平上，衡量多少都没用，你选择了什么，就拥有了什么样的人生。

强子的上司收到强子的辞职信后，约他出去谈了谈，知道原委后，对方给他讲了两个故事。

一个是上司身边朋友的故事。他这个朋友也遇到过一样的问题，不过是男生出国，女生选择在国内等他。因为距离两个人渐渐产生矛盾，在一次次的争吵下，女生决定出国找他。但这个决定没能得来完美结局，两个人还是因为生活中的种种原因分开了。不过庆幸的是，这个女生回国后遇到了现在的丈夫，生活得很幸福。另一个故事，则是上司本人的，他当年的初恋也是要出国，他等了她四年，后来他们结婚了，但在一起时反而觉得没有分开时那么亲密，结婚两年后两人便离婚了，因为他们不适合生活在一起。

“我说这些没别的意思，只是想告诉你一个道理。”上司说，“我们生来就面临太多的不确定性，但从来没有一个选择就可以解决所有的痛苦。当下得到的东西，可能后来会失去。现在看似失去的东西，于未来又未尝不是塞翁失马。你选择什么得到什么，可能根本就是两回事。”

强子若有所思，上司已经把辞职信还给了他。“给你两天时间再考虑考虑，不要冲动做决定，但你以后做的决定我都支持。”

强子把辞职信收回包里，一个人走出咖啡厅去路边打车回家。正好是下班时分，上班族从大厦里不断涌出来，提着公文包穿着整洁衬衣的男人和踩着高跟鞋打扮精致的女人，在马路上成为这个城市的风景。那一刻，强子脑子里闪过一个画面，多年后他大抵也会成为一个神色凛然严肃的成年人，穿得体的衣服说得体的话，拥有稳定的家庭和生活。他不知道未来的妻子是谁，会不会是小林，但是在成为那样的人之前，他至少还能选择自己喜欢的人是谁。

几年前，小林父母发来短信说他们不合适，强子没有理会。再之前，小林提出分手，强子想潇洒离开，却发现还是放不开。不是要紧抓住不放，而是强子非常肯定，他可以给这个女孩儿幸福。

他摸到裤兜里放着黄连片的小布包，在人来人往中兀自笑了。

没有一粒药，能治你所有的病。既然如此，我也愿意选择眼下的拥有。因为，爱你，就是我这辈子最想做的事。

风　扇

最难进入的是人心，最难翻越的是生活

~1~

2010年到2012年，对于晴子来说最难熬的就是夏天。

重庆作为三大火炉城市之一，孜孜不倦地年年以热死人的程度释放着光与热。晴子和男友许至大三交往半年后在学校附近一家居民房租了间屋子。学校宿舍没有空调，租的房子里也没有，天花板上吊着一个不知用了多少年的吊扇，打开按钮，先慢悠悠转几圈，像要随时掉下来，然后才突然振作似的呼啦啦开始转动。晴子那时最大的愿望就是等有钱了买个空调，夏天可以坐在地板上吃着冰西瓜看完几百集的动漫。

刚搬进出租房，一切都很新鲜，晴子和许至躺在床上，盯着头顶上转个不停的吊扇，幻想着以后的生活。要有大房子，窗台要养花，还要养只大金毛，放一整排书架，冰箱里一年四季都要有草莓口味的酸奶。

“会有的，都会有的。”许至抱着晴子，摸着她湿漉漉的没吹干的长发，洗发水的香味在空气中经久不散。

没几天，做完兼职下班回家的许至扛着一个大风扇回来，晴子正在厨房里被煎鸡蛋乱溅的油水弄得乱跳。

“有了这个风扇，晚上睡觉会舒服一点儿 。”许至兼职一天一百块，他花了三百块买来这个风扇。放在他们的小房间里，风力强劲，晴子的长发被风扬起。

房子虽然是租来的，又老又小，但晴子和许至都很热爱这个家。晴子从网上淘来许多几块钱一盆的小盆栽规整地摆在窗台上，周末跟许至去二手家居市场淘回几样木质家具，用墙纸把灰扑扑的墙壁遮住。因为学校食堂的饭菜便宜，两人谁先下课谁就先拿着饭盒去打饭，然后带回出租屋，等待对方下课回来一起吃。大四时，许至出去实习，晴子待在出租屋里准备考研。那时候他们有些钱了，晴子靠做翻译赚了点儿零花钱，许至实习期间也有工资，偶尔能出去吃顿好吃的，看几场电影。

2011年的夏天，晴子和许至都以为他们能搬出这个老旧的出租屋，搬去一个有空调有大阳台的房子里，结果晴子的母亲生病了，需要很多钱治疗。

“这张卡的密码是你生日，拿去给咱妈交医药费吧。”许至工作并不轻松，时常加班，拼命努力就为了等实习期结束可以留下来。

那年的夏天依旧很热，窗户外面的知了从白天叫到晚上。晴子从卫生间端了一盆水出来洒在地板上，把风扇开到最大挡，然后从身后抱住正在写方案的许至，温柔地说：“谢谢你。”

~2~

2012 年，晴子和许至依旧没有搬出小屋。许至和几个朋友一起创业，把所有的钱都投了进去，前期没有工资，家里的开销全靠晴子一人撑着。到了夏天，还是舍不得花钱买个空调，依旧用着那台老旧的风扇。晴子把长发剪短了，穿着吊带短裤躺在凉席上，给许至打电话，却始终没人接听。

那天晴子下班回到家，又是空落落的一个人。等到许至拖着疲惫的身体回到家时，爆发了一场堪称世纪末的大争吵。

他们之前从未因任何事吵过架。

晴子开始不管许至。每天早早出门上班，晚上回家忙完自己的事就睡觉，不再过问许至的任何事。许至呢，逃避似的不想回家，待在办公室里拼命加班熬通宵，累了就在躺椅上睡一宿，醒来第二天继续工作。

许至的公司不见起色，倒是晴子的工作越来越好。因为手里的项目进展顺利，升了职涨了薪水，上司毫不掩饰对晴子的好感，多次私下想约她吃饭，晴子笑笑，说自己已经有男友了。

经过半年的挣扎，许至的公司最终倒闭，几个合伙人不欢而散。因为打击，许至一时一蹶不振，每天都待在家里打游戏逃避现实。

晴子知道他心里不好受，于是默默地待在他的身边，说话小心翼翼，害怕说错话伤到他的自尊，晚上如果不加班就回家给他做饭，吃完拖他出去散步。晴子本以为过一两个月他就会恢复常态，但一晃大半年，许至连出门剪个头发的动力都没有，整个人彻底颓废。

“许至，你准备一辈子都这样吗？”晴子终于忍不住，和他大吵起来。她每天工作那么忙，又是事业上升期，身后没有一个坚强的后盾就罢了，没想到许至却成了那个拖累她的累赘。冲许至发了一大通火后，晴子丢下水槽里的碗筷跑出了家门。

许至最后在公园的假山后面找到了晴子。以前他们每次吃完晚饭后出来散步，到了假山这里都会坐下来休息会儿，依偎着聊会儿天。那时日子很慢，一个夏天好像就过完了半生，以为一生也就这样。

为了安抚晴子，许至开始出去找工作，但找来找去也没找到一家合心意的。

“先找一份干着也好啊。”晴子说。

许至不吭声，默默地扒拉着碗里的饭菜，第二天就去上班了。

晴子又升职了。领导特意为她开了庆功宴，所有人都举杯祝贺她，她借着去洗手间的空档才有机会给许至回信息。许至直接打电话过来，问她在哪里什么时候回去。不知道为什么晴子突然生出一股厌烦感，冷冰冰对电话那头说：“你睡觉吧，我到时自己会回去。”最后是晴子的上司开车送她回去的，晴子醉得几乎走不动路，但还有意识。上司扶她下车的时候，抱了抱她，在她耳边说“我真的很喜欢你”。晴子打了个哆嗦，继续装醉，假装什么也没听到。

回到家后，晴子直接冲到洗手间吐了两次，漱口之后，爬上床。这时，许至醒了，打开灯，皱起眉头让晴子醒醒，让她洗了澡再睡觉。

“不洗啦，太困了。”

“我帮你洗。”许至想扶起她，可晴子已经睡死过去。

房间里充斥着淡淡的酒精气味，许至把被子扯过来替晴子盖上，自己却一夜无眠。

~3~

2012 年圣诞节前夕，晴子和许至终于搬进了宽敞还带有阳台的公寓，冬天暖气十足，晴子穿着 T 恤在客厅里办公，许至的工作却一直没有起色。

晴子因为业绩出色，公司准备派她出国深造，这个机会整个公司只有一个名额，是上司为她争取来的。

一个是光明开阔的前程，一个是留在这里和许至继续打拼，但对于何时才能拥有一套自己的房子，他们谁都没有把握。

晴子把这事告诉了许至，许至正在焦头烂额地忙一个方案。听完后，他抬起头，脸被电脑屏幕印出幽幽的蓝光。

“你怎么想呢？”

“我这不是问你意见吗？”

“哦。”许至继续低头做事，这一下激怒了晴子。

“你到底有没有在听我说话！一天都在忙也没见你赚到什么钱

啊！”

晴子这话见血封喉，直指许至的软肋。许至“啪”的一声关掉电脑，然后回卧室去了。

没有等到2013年的夏天，晴子便搬出了公寓，去了国外。临走前，晴子和许至吃了最后一顿饭。那时他们已经很久没有说过话，彼此间的感情也到了冷漠的地步。晴子说她来做饭吧，许至便帮她洗菜切菜，好像回到两年前的时候，他们住在学校附近的那间老房里，夏天热得睡不着觉的时候就跑到楼下纳凉，结果浑身被咬的都是疙瘩。可从没觉得苦，日子里被满满的甜蜜和幸福填充着。晴子有时真想回到那个一穷二白的时候，傻呵呵地快乐，关于未来全是许至。可惜人都会变的，晴子也是确确实实不想过那种穷日子，在后来的生活里两人走向了不同的未来，谈不上谁辜负谁，谁不爱谁，只是时间改变了这一切。

晴子的厨艺在这几年的磨炼下早已突飞猛进。她做了许至最爱吃的小炒肉和辣子鸡丁，然后开了瓶红酒。她把电视打开，声音调得很低，只是希望房间里能有个声音，不要显得太过沉默。

和预期的一样，许至从坐下来开始吃饭便一直一声不吭。晴子夹了几块鸡肉放到他碗里，又倒了杯酒给他。

“那个，没有话想跟我说吗？”晴子问。

许至这才停下了不停吃饭的机械动作，抬起头来，看向晴子。

“行李有没有落下什么，你总是丢三落四，以后在外面要细心点儿。”许至说完，又低头扒拉碗里的饭，而晴子的眼眶已经红了。

那一瓶红酒最后被两人喝光。吃完饭后，晴子和许至坐在客厅的地板上，家里的中央空调让室内的温度有些凉意，晴子找了条披肩围上，和许至没头没尾地说了会儿话。后来，许至似乎睡着了，晴子轻轻关掉电视，穿上鞋子，然后离开了。

~4~

两年后，晴子在大洋彼岸接受了上司的求婚。长达两年的时间里，这个起初晴子对其毫无感情的男人，在每一次关键时候都出手帮她。知道她在异乡一个人生活不易，每次过节都会飞去陪她。后来晴子想，如果她早一点儿碰到的是这个男人，她的人生会有所不同吗？或是，她和许至在物质经济上没有如此贫瘠，会不会又会走向另一条不同的人生轨迹？然而现实的残酷是，一开始我们以为一生只会爱一个人，相信缘分和命中注定。直到后来才逐渐明白，这个世界这么大，适合自己的人更是成千上万，只是偏偏遇到了这一个，可是错过了，走下去还会遇见其他人。这算是命运留给我们的欣喜吗，还是在剥夺了我们的天真烂漫后弥补给我们的礼物？

晴子不知道，因为她已经没有回头路了，人生只能一直向前。

回国后，晴子跟着上司去见了他的父母，婚期、酒店、礼服，按照计划的一一订好。两年后的重庆似乎变了，又似乎没变。即使在夏天人们仍然热衷于坐在大街小巷里吃火锅喝啤酒，夜晚无论走到哪里都能看到大排档和烧烤。是这座城市啊，两年前离开的是这里，现在脚下站着的也是这里。只是为什么，为什么这一刻晴子觉得特别难受，她一个人走在大街上，突然毫无预兆地哭了起来。

向朋友打听过了，许至已经不在重庆主城区了，他回了老家，重庆的一个县城，开了一家民宿，生意似乎不错。

结婚前一周，晴子跟未婚夫说想出去走走，然后就来了许至的老家。一路打听着，最后找到那间名为“晴天客栈”的民宿。房子是老房子，但许至买下来后把它重新装修一新，又在院子里置了符合房屋气质的木桌木椅，周围种满了三角梅和各种花草。门是铁质的，上面挂着一排铃铛，有客人推门而入，就会叮当作响。

许至老家算是一个小有名气的旅游景点，晴子曾跟他来过很多次，见过他的父母，跟他去爬过这里的山，蹚过这里的水，在夜晚依偎栏杆相伴。这里，有他们过去的回忆。

晴子在民宿外站了会儿，最终没有进去，她拍了几张照片存在手机里，然后就离开了。

婚礼很盛大很梦幻，亲戚朋友全都到场，祝福着晴子，百年好合，早生贵子。晴子笑着一一谢过他们，她挽着新郎的手臂，像挽着今生唯一的爱人，只是会忽然想到，曾经有个人许诺会给她大房子，会养一只金毛，会在窗台种满花。现在，她已经不再为失去的爱而感到消靡，只是仍然会有惆怅。

我们这一生，爱过谁，错过谁，辜负谁，舍弃谁，都不过是一场爱恨情仇里的风花雪月。爱情是什么，晴子也不知道。可能是初见爱人时的悸动，也可能是理解和宽恕，或者它从来都没存在过。人间良莠不齐，诸事大梦一场。爱情，就是这场梦。

蚊　香

让我们燃尽最后一段温柔

~1~

第二天早上醒来，方琪蹲在地板上看着面前燃烧殆尽的蚊香，盘成灰色的一圈，用食指轻轻一碰，就断成了好几截。

早餐放在桌上，牛奶还带着余温，看来程琛也才刚走一会儿。方琪给他发短信“谢谢你做的早餐，很好吃”。但转身，方琪便把煎蛋和烤面包倒进垃圾桶，只喝了牛奶。方琪最近减肥，什么也不吃。

二十九岁，在一家律师事务所上班，衣柜里衣服的颜色只有黑白灰，高跟鞋高度不超过五厘米，每个月去理发店修剪一次头发。这就是方琪，至今仍然单身，她在亲戚和下属眼里就是个感情冷漠不苟言笑的古怪女人。在表弟表妹的孩子可以打酱油的年纪，她是家人和过去同学眼里古怪的存在。所幸的是，和他们在一起的时间一年到头也就那么几天，时间一到就可以打包行李头也不回地离开。

要是问大城市究竟有什么好，空气不好，交通拥堵，房价高昂，人心冷漠，但唯一的好就是可以做自己，并且没人会觉得奇怪。方琪的薪水也足够她在这座城市里立足，这是她用过去的青春换回来的。

事务所新来的同事都很怕方琪，觉得她为人严厉不近人情，就像童话故事里的巫婆、后妈等一切反派角色。方琪知道后，不怒反笑道："小时候我每次去看白雪公主，人人都爱白雪公主，而我偏偏爱上了那个巫婆。"这句话出自伍迪·艾伦，方琪用它作为回应。

也不是天生就对恋爱结婚没有兴趣，之前方琪前前后后也跟好几个男人交往过，但总是离结婚还差点儿缘分火候，结果时间一晃而过，年纪越大发现要喜欢一个人越难。以前可以因为一个人有钱或者长得英俊爱上对方，现在即使同时拥有这两项也很难打动方琪，不是眼光高，在拥有了一定经济能力和自由后，这些其实都是可有可无之物，容貌总有老去的一天，而金钱总会有办法赚到，难的是两个人之间能否永远拥有投契聊不完的话题，在往后平淡生活中能否抵抗得住柴米油盐，换句话说，对彼此的爱是否真的能够打败生活给予的一切困难。

时间越往后跑，遇到这样的人的概率就越低。成年人嘛，光是忙自己的事就不可开交，又怎么会对只见过几次的人投以太多的热情。太难了，方琪一遍遍地感慨，并在叹息的时间里越发坚定地走在自己的路上。

~2~

跟程琛相识，纯属偶然。

去年公司年会上，公司邀请了几个甲方的代表，程琛是其中之一。他并没什么英俊的外表，跟其他谈吐不凡的人相比显得毫不出众，一个人坐在角落里沉默地喝一杯酒。但这样的境遇恰好跟方琪相似，方琪在公司没人敢跟她太亲近，因为她脸上总写着“生人勿近”四个大字。方琪那天破天荒地穿了一条深绿色长裙，长到脚踝，新剪了短发，整个人看上去比从前有活力许多。她端了一杯红酒，直到年会快要结束的时候都没喝完。

“其实换成果汁也没什么。”程琛离方琪并不远，他一直在观察方琪，觉得她挺有意思。

方琪循声看到程琛，笑了笑，一仰头把杯里的酒一口喝光，挑衅似的冲他眨眨眼。

年会结束的时候，程琛找到方琪，问她要不要一起去吃夜宵。

本以为消夜是去吃大排档或者吃烧烤，结果程琛开车把她带到闹市的一条巷子里，一副写着“食堂”的霓虹招牌在幽深的夜里亮起暖黄的灯。

“这家店是我的隐居之所。”程琛在前面带路。

“隐居？”方琪没明白他的意思。

“就是心灵隐居的地方。”程琛说，“有时候工作到很晚，一个人下班不想马上回家，就来这里坐坐，吃碗拉面也好，喝杯东西也行，只要待一会儿就感觉又可以精神满满去面对一切了。”

被程琛说得神乎其神的这家店，面积不大，里面就几张桌子，装修也很简单，但给人一种温馨得像家一样的感觉。老板和程琛很熟，看到他第一次带女伴来甚为吃惊地问：“这太阳是要从西边出来了吗？”

“去去去。”程琛瞪了他一眼，“来两碗海鲜拉面。”

“好嘞。”老板端上两杯柠檬水后，就去忙了。

在等待拉面上来的时间里，方琪感到困了，打了个盹儿，醒来的时候面条已经放在面前，还热气腾腾的。

坐对面的程琛冲她笑笑说：“快吃吧。”

之后两人只要时间对得上就会约出来一起吃饭，看电影或者逛街，有时候去程琛家里留宿，有时候去方琪家里留宿。两人虽然都是单身，但谁也没有率先说出“我们交往吧”这样的话来。方琪想了想他们之间的关系，也就是情人而已。平时不会发信息不会打电话，偶尔特别有时间不知怎么打发的时候才会想到对方。说实话，对于方琪来说这种关系可能更加轻松，不会束缚她，也没人要求她去做一个怎样的人，更不用去应付程琛的那些朋友，如果不开心了直接走人也没什么大不了的。

这样的关系大约持续了半年左右，有一天一起吃饭的时候，程琛突然说：“我有女朋友了。”

当时方琪正在切盘子里的牛排，手瞬间抖了下，没掩饰住脸上一瞬间失落的表情，回答了一句：“是吗？”

程琛的女友是公司的实习生，还在读大四，是活泼开朗的女生，可以信手拈来一个搞笑的段子，把身边所有人都逗得哈哈大笑。程琛说跟她在一起很开心很放松，他没说喜欢她，只说喜欢跟她待在一起的感觉。

方琪用餐巾擦了擦嘴，说：“那祝你和你女朋友幸福，今天的牛排很好吃，谢谢了。”然后就起身离开了。

~3~

那之后两人便断了联系，方琪又投入到永远做不完的工作中。有次在公司处理一个案子到很晚，出来的时候天色已黑，方琪的肚子咕咕叫，她脑子里闪过一个念头，便打车去了那家食堂。

店里今天没什么人，老板还认得方琪，问道：“今天一个人？”

“嗯，我想吃上次的拉面。”方琪坐下说，“可以多点儿汤吗，汤很好喝。”

老板很快做好，端上来。

“程琛前几天才来过。”老板略带暧昧的笑容说，“也是坐的你这里。”

“他一个人还是——”后面的话方琪没好意思问出来，也奇怪自己怎么很想知道这个。

“他当然是一个人。”老板说，“我这店开了两年，他是我的第一批客户，这么久以来除了你他都是一个人来的。”

方琪略有所思地“嗯”了声，用筷子夹起面条轻轻吹了吹，一口喂进嘴里。

周末晚上方琪家里停电了，大夏天的没有空调没有风扇如同蒸笼，方琪把房子里所有的窗户都打开了，在地板上洒了一点儿水，点起蜡烛和蚊香，所幸 iPad 里有一部之前下好的电影。是一部丧尸片，许多镜头鲜血淋漓，看得方琪心里直发毛，但又忍不住想看完。电影结束后方琪心有余悸地躺在地板上纳凉，不禁想了想如果现在她身边发生这样的事，整座城市陷入丧尸暴乱中，她应该怎么办？能够向谁求助？远在千里的父母是不可能了，朋友们都有家人不可能顾及她，那种情况下可能变成丧尸会比较容易些吧。方琪意识到她在这个城市里没有遇到一个可为她遇神杀神遇鬼杀鬼的人，她只能做到自己心中有剑。虽然并没有身处乱世，但人人心中自有乱世。当生病的时候，当遇到危险的时候，她又何尝不是另一种形式的“丧尸”，而此时方琪只能一个人去解决问题。

方琪忍不住给程琛发了条信息，问他睡没睡，并不期待他回复什么，毕竟凌晨两点，一般人早睡在床上进入身体排毒阶段了。她只是想在这个晚上找个人发点儿什么，以此来表明自己并不处于孤岛状态也好，或者还能找到那么一个人去泄露此刻的脆弱情绪也罢，总之就是发了。

然后，程琛的头像亮了下。“没呢，刚回家。”

收到信息的方琪有些诧异，想了想回了句：“刚陪完女朋友？”

“早分了，朋友生日刚吃完饭。”

夏天凌晨四点的街道，方琪穿着长袖连衣裙没化妆就跑了出来，程琛在小区外等她，瞧见方琪后，露出一丝疲惫的笑容。“看来今天是睡不成觉了，方小姐拿什么补偿呢？”

“请你喝粥？”

“哪儿喝呀。”

“你上次带我去的那家‘食堂’，它不是从晚上一直营业到早上七点吗。”方琪熟门熟路的样子，拍了下程琛，假装不经意地问，“好端端的怎么分手了？”

“这不是还有你吗？”程琛打趣道，方琪知道他在开玩笑，便一笑了之。

方琪跟程琛更像是朋友、知己，离真正的恋人总之还差那么一步。或许是太过相像了，两人在一起的时候就像在照镜子，所以没法产生那种恋人之间该有的情愫。

程琛大口地喝粥，吃着老板做的鲜肉饼，感觉之前被酒精填满的胃渐渐活了过来。

“对了，还没问你这么晚怎么想起给我发信息了？”程琛问。

“家里停电了，热得睡不着。”

“所以叫我陪你上这儿吹空调？”

方琪无奈道：“就当是吧。”

两个人吃完东西在店里坐到六点，才起身离开。走出店门，外面的天光已经渐渐亮起来。方琪突然无厘头地问了句：“如果此刻有丧尸朝我们跑来，你会带我一起逃吗？”

虽然不明白方琪为何这么问，但程琛还是回答了她："当然，如果真有丧尸，那么你可能是这世界上仅剩的最后一个女的了。"

"……你脑子里就不能想点儿正经的东西吗？"

"正经着呢。"

方琪叹了口气，意识到程琛无论多大年纪，但内心里其实也只是个小孩儿。而她没有说的是，那天她三十岁了。

~4~

方琪送给自己的三十岁礼物是辞职创业，跟着行业内的一个大佬单干。她比过去更加忙碌了，还要管理公司的运作。程琛有几次在方琪公司楼下等她一起吃饭，结果正好被她同事看见，大家一脸暧昧地跟方琪打招呼，脆生生地喊着"方姐"，然后偏头看看程琛，几个人笑着走开。

"看来她们把我当你男朋友了。"程琛说。

方琪当时很想反问一句，他们的关系难道还不能算男女朋友吗？但后来还是忍住，把话咽了回去，转移话题问程琛最近在忙什么。

结果程琛说自己下个月辞职，准备休息一阵子再另作打算。

"辞职旅行？"方琪笑了，"这种年轻人玩的游戏没想到你也会去赶时髦。"

"你给自己太多压力了，你就说说你有多久没好好放个假了。"

"我要赚钱。"方琪冷静道，"钱这么可爱，我比较喜欢跟它在一起。"

程琛说辞职就辞职，他把家里的钥匙交给方琪，让她帮忙打理一下，等他回来。

“你真要去非洲？”方琪不确定地再问了遍。

“机票都买好了，还能有假。”

“什么时候回来？”

“怎么，还没走就开始想我了。”

“程琛。”方琪这次真生气了，“你要是再跟我开这样的玩笑，我会当真的。”

程琛看方琪的脸色，知道她没开玩笑。气氛瞬间变得有些尴尬，程琛干咳了两声说：“这张卡里的钱你拿着，每周请阿姨帮我打扫一下房间，还有鱼缸里的水记得定时更换，不够了跟我说。”

“放心。”

程琛就这么走了，除了到达目的地的那天给方琪报了个平安，此后几乎没了音讯。方琪每天忙于工作，抽不出空去思考关于程琛的任何事情。期间公司一个90后的同事结婚，方琪去参加，她捡到了新娘扔出的捧花。周围人都恭喜她，说这是要嫁人的预兆。

说来也怪，方琪那天回家后就接到母亲打来的电话，说让她赶紧回家一趟。听那语气像是有非常着急的事情，方琪也没多问就收拾了几件衣服买了机票连夜赶回去。

到家后方琪才知道自己被父母给坑了，有人要给方琪做媒，对方是做金融行业的，跟方琪在同一个城市工作，这几天正好回家探亲，由于两人年纪相仿，于是就有了这次的事。

方琪差点儿没被气死，本想立即订机票走的，结果父母居然把对方带到了家里。

虽说女大不中留，但也不至于用这种方式赶尽杀绝吧。

“真是一个很不错的男生，妈妈怎么会害你呢。”方琪母亲一直劝她说，“人家都来了，至少好好吃顿饭是基本的礼貌吧，之后你想干吗就干吗，你的事情我再也不管了。”

方琪不想让父母为难，便答应了。她也懒得收拾，换了件跟家居服差不多的连衣裙就去了餐厅。令人没想到的是，那男人竟然是程琛。

“你老家是这里的？”方琪真觉得老天给自己开了一个玩笑，“你不是在非洲吗？”

程琛也一脸诧异，完全没反应过来，差点儿以为是方琪在跟踪他。

“我父母还不知道我辞职了。”程琛咳嗽两声，“所以千万别暴露啊。”

方琪翻个白眼说：“凭什么帮你保密？”

“我们这不是在相亲吗，说不定以后会成为夫妻的，不要一开始就伤感情。”

“程琛，我真的不想跟你玩这种游戏。”方琪说，“我父母不过是想让我找个可靠的男人托付下半生。”

程琛笑了，说：“我不可靠吗？”

方琪没理他，给自己倒了一杯酒喝下，平复了情绪后，说：“我父母那边我自己说，你就别给我添乱了。还有，你家里的事你自己回去摆平。”说完从包里掏出程琛的钥匙，扔到桌上。

方琪抓起包气呼呼地走了，弄得程琛一头雾水，心想干吗发这么大脾气，但已经站起身从后面去追方琪了。

进了电梯，程琛刚想开口对方琪说点儿什么，突然“轰隆”一声电梯开始急速下降，吓得方琪失声叫了出来。程琛几乎是立刻就把方琪抱在怀里，然后另一只手按下所有楼层的按键。最后电梯卡在楼层之间，停了下来。

“别怕。”程琛按下呼叫键，说了大致情况后，然后转头去看方琪的情况，安慰道，“没事了，我们现在只需要等。”

其实方琪也没那么害怕，但看到程琛紧张的样子，她想难得被人保护一次，便什么都不说。那一刻她突然想起之前问程琛如果丧尸来临，他会带自己一起逃吗？程琛回答的是“会”。而此时此刻，何尝不是她所说的“丧尸来临”呢。

“程琛。”

“怎么？”

“你觉得你的相亲对象方琪小姐怎么样？”

“哈？挺不错，高学历高收入高颜值，堪称完美。”

“那结婚吧。”

方琪声音刚落，电梯门便开了，眼前出现强烈的光线。

“好。”程琛笑着答应了。

没什么爱而不得、错过再见的戏码，可是琐碎无常才更符合我们真实的爱情。让我点燃如同蚊香的余生，为你燃尽最后剩下的温柔。

煲　　剧

爱你，是我一生的壮阔和隐秘

~1~

或许人生是不说后悔，也不说爱过的。即使重新再来一次，在命运的那个分叉口，明白了道路的尽头等待的是什么，也依然会像少年莽撞一样做出同样的选择。因为爱你，是宿命。

瓦数不高的台灯把玄关处晕出一圈橘黄色的光芒，向舒伏案在纸上沙沙写着明天要用的稿子，手边一盏茶，几本书，还有一封笔墨未干的信，收件人的落款辨不清真名，只知道向舒一直称他为 N 。

这个从鼻腔里发出的音节，有别于“洛丽塔，我的生命之光，我的欲念之火。我的罪恶，我的灵魂。洛—丽—塔：舌间向上，分三步，从上颚往下轻轻落在牙齿上。洛—丽—塔”的炽烈。它只是淡淡萦绕于心间，从左心房到右心房，像冬日放在炉火上烘烤的橘子皮，发出甜甜的清香。

彼时居酒屋的相识，向舒还不知道将会开启怎样的未来。只记得他微微颔首时的温和情意，不俗的言谈举止，即使算不上俊秀的长相，也总是让身边的人不知不觉把注意力放在他身上。

N 是一名摄影师，获过许多奖，很多名人都找他拍过片。他身上有种未曾沾染中年尘气的少年意气，但又温和得让周围的人都感到舒服。

向舒大学毕业后在位于四谷的财政文化社工作，担任总经理秘书。他不仅要思虑周全，客人来了还要帮忙泡茶，做些杂事。虽然员工只有十人，但都很特别，日后一些人成了摄影师、画家和知名翻译家。他们似乎都清楚地知道自己想做什么，并努力朝那个目标前进。向舒很羡慕那种“劲头”，她做裁缝，学滑雪，收藏各式古董，到处旅游，还有喜欢烹饪，做各种杂七杂八的事，也不过是想探索出自己到底适合做什么。

N 和她的那些同事是好友，每次去居酒屋喝酒几乎都能碰着面。

“你就是向舒吧，听说你在写作？”

向舒那时确实在写作，但还没想过要依靠写作为生，就像她做裁缝、游泳和做饭一样，都是喜欢的事。N 和她亲切地交谈起来，给她提了许多有效的建议。也许是居酒屋灯光的原因，或者是多喝了两杯酒，两人很快把自己最心底的东西都掏了出来。喏，我是这样的人，你是那样的人，还要不要继续交往？两人坦诚得可以，一见如故，也是相见恨晚。

“下次，再见面我可以把自己写的东西给你看吗？”临别前，向舒站在街道上，夜色隐去她脸上的表情。

N 顿了会儿，最后咧开嘴轻轻地笑起来说：“好呀，很荣幸能够做你的第一个读者。”

~2~

那时候很多事情都能令他们快乐。

比如早春时节，向舒带着自己在家做的便当和 N 一起去郊游野餐。他们在青草上铺了一张毯子，躺在上面看会儿书，发呆聊天。头上是一棵木棉树，火红的花簇簇地开着，像是要把这世间所有的鲜红都用在花瓣上。向舒从保温水杯里倒出一早泡好的茶，分成两杯，捧在手心里慢慢地喝。N 则在向舒不经意间“咔擦”一声，把她那一刻美好的神态永远保留在影像里。

向舒喜欢游泳，没遇到 N 之前几乎每周都会去体育馆，冒着被父亲骂的风险拖着两个妹妹一起去，晚上在体育馆附近的旅馆住一宿，第二天再回家。N 不会滑雪，但也陪着向舒去过几次，帮她拍了许多照片。向舒都是笑着的，对着镜头的神态里洋溢着淡淡的幸福，感觉很宁静。

那些时光美好得让人忘乎所以。N 比向舒大十三岁，在人生阅历上总是能给她一针见血的建议。他一直鼓励向舒去追求自己喜欢的事物。向舒是个很传统的女孩儿，在家里是母亲和妹妹们的依靠，家人是她的羁绊，这导致在做一些选择的时候她总是会首先考虑到家人的感受。

“家人的存在是为了让你在做事情的时候，一想到他们就觉得浑身温暖的意义。所以，喜欢做什么，就去做吧。”

向舒在报纸上看到出版社的招聘启事，便去应征了，最后被录取，然后从财政文化社转职到一家电影杂志社当编辑。这让向舒的家人很不理解。可是向舒很清楚地知道自己想要什么，一想到 N 给自己的鼓励，她便充满了勇气。

那时他们几乎天天在一起吃晚餐。向舒对美食有种天生的热情，自己是烹饪高手，对美食也有自己独到的见解。爱一个人就是跟他一起吃很多很多东西，向舒和 N 也是一样。

“编那种电影杂志，哪里需要每天这么晚回家？向舒这家伙到底在搞什么！”因为每天都回家太晚，向舒的父亲开始不满。

向舒每次回家都小心关门，免得吵到睡觉的家人，然后洗漱再换上家居服，去玄关那里写作。日复一日，即使写到再晚，第二天早上依然会起床给大家做早餐一起吃。

她和 N 的事则成为心里一个谁也不能告诉的秘密。在纸上写的那些故事，男主角都带着 N 的影子。但是他们之间却没法真正在一起，N 早已有了妻子。

~3~

争吵最厉害的那段时间，向舒是下定决心要和 N 分开的。

父亲出轨的秘密成了家里众所周知的事后，向舒的母亲每天以泪洗面，整个人老了好几岁。她一辈子都以丈夫和儿女的幸福为幸福，这样一个没有自我的女人，在面对丈夫出轨的事实面前，无疑是把她的心给掏空了一半，难免会开始怀疑自己存在的意义和价值。

向舒看着心痛，想到自己给 N 妻子带去的也是同样的苦恼和痛苦吧。作为第三者在社会大众眼里就是一个破坏他人家庭幸福的角色。可是作为第三者本人，向舒也是个受害者。想要在一起，却因为各种原因无法光明正大，受这种隐秘的爱所困，想要放弃，可是惊觉过来的时候才发现自己的两条腿已经深陷在泥沼里无法自拔。向舒从来没想过要 N 离婚，即使像他们这样的关系也会被他人的目光和现实的种种所累。进退两难，根本没有解决办法。

所以分手成了那时唯一的选择。向舒把他送给自己的东西全部寄还回去，写了诀别信，下定决心不再往来。N 也痛苦，婚姻是一把锁，他被锁在里面身不由己。可是他的妻子又有什么错呢，他曾试图提出离婚，但两人在一起十几年的感情，到最后却是这个结果，想想就令人心痛。于是他不得不答应暂时分开。

可是向舒啊，你要知道，我现在答应分开，不是为了自己，是为了你。你想去寻找广阔的未来才是。至于我，会思念你到老。

N 在给向舒的信里如是写道。

向舒的母亲不知道是不是察觉到女儿的这段恋情，还是纯粹觉得向舒到了适婚年龄，该找个对象谈恋爱结婚生子。于是托熟人介绍，带着向舒见了许多男性。

“不喜欢。”向舒每次见完对方都是这句话，“不合适吧，没什么共同话题。”

“那你喜欢什么样的呢？”母亲问道。

结果她脑海里首先浮出的就是 N 的脸。淡淡的，总是温和又体贴，给人的感觉就像三四月的太阳。不是喜欢怎样的人，而是喜欢的人只有他这么一个。

向舒沉默，走到大卖场门口，她拉着母亲的手晃了晃说：“我们逛逛吧，看看能买点儿什么回家。”就这样暂时转移了母亲的注意力。

向舒得到机会开始创作电视剧本，每天写作到很晚。她常常对妹妹说，要是能舒舒服服睡一觉就好了。但如果真让她什么都不做，也不可能睡得着。喜欢的事总是忍不住要去做，即使牺牲掉睡眠的时间。对待爱情，向舒也是，她的舍弃如同割舍掉自己的心，从此成为爱情里的孤魂野鬼。

周末的时候，向舒寻到时间，便带着妹妹去游泳。站在一片荡漾着阳光的蓝色泳池面前，享受游泳带来的快感和水拂过身体的那一刻，似乎所有的所有都可以暂时抛诸脑后。

那天游泳回来，在车站等车，向舒看到了 N。

他似乎已经等了很久，不知道从哪里得到的消息，他两个多小时前就赶到这里，知道向舒一贯的习惯，便等着。

向舒看到他后脸色一下变得很难看，想要躲，可是又能躲到哪里去。

“对不起，还是没忍住想来见你。”

“说好不见面的。”向舒语气冷冷的，可是她的心里早已山崩地裂，她静静地望着他，不想让他看出来。

“就想见你一面。”N从怀里掏出一个小盒子，递给向舒说，“上次出去玩的时候你不是看中了一个古董小镜子，当时被别人买走了吗，后来我托朋友找到了一个一模一样的。”

向舒接过盒子打开，巴掌大的镜面发出年岁悠久的光泽，她看了眼把盒子关上，摇摇头说：“真的不能够这样了，我不想伤害任何人。”

“收着吧，就当留个念想。”

N把盒子重新塞回向舒手里，离近了些向舒才发现面前这个男人看上去老了许多，虽然他的衬衫依旧被熨得一丝不苟，颜色搭配依然合理不出错，可是却难以掩盖他精神上的颓丧。向舒有些不忍心，把头偏向一边。

N没再逗留，转身朝着另一个方向走去。突然就下雨了，雨水滴滴答答落在N衣服的肩头，像浸湿了天地间满满的悲伤。

~4~

N病倒了。

向舒身体也大不如从前，每天熬夜写稿，健康状况大大下滑，晚上在玄关写稿的时候常常咳嗽得不能自已。为了不打扰家人，她干脆去酒店写稿。一个人待在偌大的酒店房间，开足暖气，伏案赶稿子。写到瓶颈处，向舒便拿出新的稿纸，给N写信。每次写完她都会撕碎扔进垃圾桶，像是把心事都说给树洞听，说出来就好了。

N 生病了哪里也不能去，就每天守着电视看向舒写的电视剧，一集集看过去，直到一天就这样过去。

那天向舒去市场买菜，买了小番茄、黄瓜和做玉米浓汤的材料。回家的路上遇到了 N 的母亲。

向舒曾见过她几次，N 的母亲知道向舒的存在，对向舒的印象不算差。两个人找了附近的茶座，N 的母亲开门见山地说，希望她能去见见 N。

“那家伙估计也只有你去才能劝得动了，他整个人消瘦了好多，看着真让人难受。”N 的母亲年事已高，这个年纪还要来操劳儿子的事，看得令向舒心疼。

“我会考虑的。”向舒说。

临走的时候，向舒从装菜的口袋里掏出两瓶果酱递给 N 的母亲说：“他喜欢吃这个，带回去给他吧。”

想要带给他的其实何止这两瓶果酱。写不出稿子在家埋头给他做的衣服，写的无数封没有寄出的信件，还有她整个青春对于他的爱和怨。怨是可有可无的，爱是永远的。向舒对于感情一直比较迟钝，上学的时候规规矩矩读书，毕业后认认真真追求自己想要做的事。N 是一个突如其来的意外，露水情缘倒还可以成为她一生传记的一段华丽篇章，也算美。哪个女作家没有一点儿与众不同的情史，偏偏向舒把它认认真真别在自己的衣襟上，成了时时刻刻牵绊的一段缘。

向舒就这样与 N 和好了。分开的这段时间，向舒似乎长大了不少。

她本是心性温和极静的人，现在变得更加令人心疼的懂事。她去看望N，跟往常一样帮他整理衣领，打开亲手给他做的便当。玉米浓汤、鸡蛋三明治和蔬菜沙拉。N坐在地板上，大口大口地把食物喂进嘴里，向舒看在眼里，心却真真切切地开始疼起来。

她也想过关于他们的未来。等他离婚然后逃离这个地方，逃到一个谁也不认识他们的小城，重新开始只属于他们两个人的生活。但那种为了沉浸在二人世界，抛弃世界上其他人的做法，对于向舒和N两个人来说，都是他们性格上无法做到的。

爱情固然美好又伟大，但这世上还有其他更需要去做的事。

~5~

向舒和N度过了漫长的十年。

没有分开，没有吵闹，像一对熟稔的夫妻。知晓彼此的一切，生活习惯，脾气秉性，各自的世界观价值观，需要磨合的地方早已变成温柔的一团棉花，轻轻地被镶嵌在生活里。

向舒的事业越来越好，渐渐有了名气，写作不仅可以养活她，还能拿出钱来给家里修缮房屋，改善家人的物质生活。

那个时候，N和妻子的婚姻已经濒临崩溃的边缘。因为身体的原因，他不顾家里反对，搬出去一个人住。他不想让别人看到自己糟糕的样子，托中介找了一间小公寓，只带了简单的行李就搬了进去。很小的一间屋子，也没有多余的家具，N倒是住得怡然自得，像个隐居于尘世外的高人，收敛起一身绝世武功。

向舒到了三十多岁依然和家人住在一起，没结婚，似乎暂时也找不到搬出去的理由，擅自搬出去只怕会让父母多想。但是工作上的事越来越多，为了能够安静写作，她经常住在都市中心的饭店写作，与N保持着书信往来和每日的电话沟通。

其实两个人的距离很近，走路也不到三十分钟。向舒大概三天去一次N的家，给他做晚饭，并备好第二天的饭菜，一起喝啤酒聊天看电视剧，然后回饭店继续写作。N身体不好，只能在家静养。向舒不在他身边的时候，他就看电视，去附近的广场打发时间，吃简单的午餐晚餐。他在日记里记下每天的点点滴滴。看完向舒写的电视剧，记下“接近五点的时候，向舒来了。晚餐吃生鱼片、香肠、色拉。她还做了奶油浓汤、关东煮，之后才回饭店”。并清算每天花去的费用，全都记在了日记本上。

生活在琐碎里变成一根非常柔软的刺，令这根刺唯一难受的是N越来越不好的身体。他必须坚持每天去治疗。天气渐渐转冷，临到圣诞节，两人约定好一起看场电影。

看电影前向舒和N去车屋吃饭，点了考鸡串、生蚝、天妇罗，配着啤酒吃。N和向舒都喝了不少啤酒，向舒一直说头疼，喝了酒勉强有了些精神，然后到N家看了电影，吃了海苔卷和年糕，由于头疼得实在厉害，向舒只好告别。

“我送你回家吧。”N说。

“不了，这么冷的天你也早点儿回去。”向舒打了个哈欠，从袋子里掏出一条新买的羊绒围巾，替N戴上，之后带着眷恋地摸了摸那条围巾，转身往车站走去。

许多个夜晚，春天也好，冬天也罢，向舒都是这样一个人回去的，她从来不会像其他女孩子撒娇向男友要求这要求那。相反她总是体贴照顾着对方，凡事都考虑到他人的感受。他们在一起这十几年，N 一直都是被受到照顾的那方。现在，他拖着这具病快快的身体，还得一直麻烦着向舒，想想真是替她感到不公。

~6~

后来向舒想起来，也不知道到底是哪个地方出了差错。或许是太累了，人活着并不只是为了活着，还有很多想要去做的事，但身体上的病痛总是让我们对太多东西都感到敢爱不敢碰。

得到 N 去世的消息那天，向舒新写的电视剧刚刚开播。她还准备让 N 看完第一集给自己意见，他的意见总是中肯有效的。前一天晚上明明还一起吃了寿司，喝了新买的酒，一切都跟往常一样。他只是在向舒离开前，说了句“其实我好累啊”。向舒没多想，生病后身体上的疼痛难免让人心灰，她像往常一样给了他一个温暖的拥抱，然后换上鞋，说下次再来。

“他是自杀的。”医院的人告诉向舒。

死亡是残酷的，没有声息的。一个人就这样走了，从三十七度的体温瞬间变成一具像是超市里冷冰冰的冻肉。躺在那里，没有一点儿生命的气息。如果不是他还保持着人的面貌，很难想象他曾经也是一个会哭会笑的生命。

从医院回家的那一段路，木棉花开得特别繁盛，有一整朵一整朵的木棉花落到地上。向舒抬头看天，心里涌起的悲伤像是一块苦涩的麦芽糖，黏住她的心，越挣扎越难受。她弯腰捡起一朵木棉，不禁哀怨起来。明明她失去了最爱的人，而这些花却依然年年岁岁地继续开下去。

向舒想到 N 曾在木棉树下为自己拍下的照片，眼眶湿热，却没有眼泪流出来，憋在心里成了一口气。这口气支撑着她即使一个人也要好好走下去。

“咔嚓。”好像快门按下的声音。

向舒回过头去，却什么也没有。

Postecript 后记

永不逝去的夏天

在夏天的时候，突然想写一本有关夏天的故事集，于是就有了这本书。

我挺喜欢夏天的，它是一年里最年轻的季节，许多与青春有关的美好故事似乎都发生在夏天。《蓝色大门》里有一段对话，“好不甘心喔，整个夏天都快过完了，好像什么事都没有做”“对啊，好像就只是跑来跑去，什么事都没有做”“但总是会留下些什么吧，留下什么，我们就变成什么样的大人”。

即使整个夏天什么都没做，也没关系。好像只是喝了冰汽水，吃了冰激凌，和朋友们出去玩了几次，夏天便晃悠悠地结束了。暗恋的人继续暗恋着，不会做的数学题依然不会做，想减肥成为更好的人的心愿依旧没有达成。没关系啊，青春时期的夏天本来就是用来浪费的。

毕竟少年时代的夏天是漫长的，夏天意味着暑假，那时候一天天的日子都觉得过得特别缓慢，一天就是一生，我们以为自己会长生不老，是可以打败一切不可战胜之物的英雄。等长大了后啊，才发现英雄也会老去，时间快得似乎昨天还是十七岁在操场上奔跑的中学生，一眨眼的工夫现在已经西装革履坐在办公桌前。

我们怀念夏天，喜欢夏天，除了因为可以吃到冰冻过的西瓜和冰激凌外，最主要的还是因为它像极了我们的青春岁月，热烈的、蓬勃的、有生机的，是我们一生只有一次的时光。夏天这东西却可以每年轮回往复。

年轻总与爱情相匹配。无论到了多少岁数，我们这些人类啊只要真正谈起恋爱来，都还只是小孩子。我把夏天美好的小事物变成了一个个小故事，于是有了这本关于夏天的书。但并不是每一个都美好完满，成人世界里的夏天似乎跟春天秋天冬天没有任何区别，只是在立夏那天还是会感慨，啊，又是夏天了，然后又投入到生活的琐碎或是繁忙的工作中。

下个月我就二十三岁了，出生在秋天的我有时候很羡慕夏天过生日的朋友。日子是一天天飞快过去，而我也开始感到这个世界真的和从前看到的不一样。所以我不敢轻易断定什么，我在书里写的这些形形色色的爱情，是我目前为止见到过的形式，有除却巫山不是云，有大刀阔斧，也有背叛和爱而不得。我也渐渐终于明白成人世界里的感情不可能是小时候看的偶像剧那样，是非黑白分得那么坦荡清楚。其实我们曾经都是内心柔软的人，只是一些重要的人缺席了它慢慢变硬的过程。

而我在这个夏天，喝了很多酒。除此之外也似乎什么都没干，老祖宗千年前就说了“我姑酌彼兕觥，维以不永伤”，我姑且饮酒作乐，只有这样才能忘记悲伤。

所以，舍不得夏天大概也是舍不得那个惶惑，凡事都想要求个答案的自己。作，是年轻人的天赋。而我们有一天不再对这世间不明白的东西感到困惑时，就说明我们开始变老了，只想更加舒服地和这个世界相处，懂得不明白的就放下，再也不会苦苦追寻什么了吧。

我也不过只能以自身微小的经验作蓝本，带你看看爱里不同的风景，却无法“佐证”任何人的私人体验。在我不长的人生阅历中，无法教授谁什么道理。只愿你在看到这些文字的时候有过一刻共鸣，便是我所写之书最好的归宿。

2016.9.16 重庆